L'ÉTOILE

OPÉRA-BOUFFE EN TROIS ACTES

PAROLES   DE MM.

EUG. LETERRIER ET ALB. VANLOO

MUSIQUE DE M.

EMMANUEL CHABRIER

PARIS

A. ALLOUARD, LIBRAIRE-ÉDITEUR

COMMISSIONNAIRE

37, RUE SERPENTE, 37

1877

L'ÉTOILE

OPÉRA-BOUFFE EN TROIS ACTES

Représenté pour la première fois, à Paris, sur le Théâtre des BOUFFES-
PARISIENS, le 28 Novembre 1877.

F. AUREAU. — IMPRIMERIE DE LAGNY

L'ÉTOILE

OPÉRA-BOUFFE EN TROIS ACTES

PAROLES DE

MM. Eug. LETERRIER, et Alb. VANLOO

MUSIQUE DE

EMMANUEL CHABRIER

Représenté pour la première fois sur le Théâtre des BOUFFES-PAERIS!NS
le 28 Novembre 1877.

PARIS

A. ALLOUARD, LIBRAIRE-ÉDITEUR

COMMISSIONNAIRE

37, RUE SERPENTE, 37

1877

PERSONNAGES :

OUF Ier	MM.	DAUFRAY.
HÉRISSON DE PORC-ÉPIC		JOLLY.
SIROCO		SCIPION.
TAPIOCA . . . , ...		JANNIN.
LE CHEF DE LA POLICE		PESCHEUX.
UN HOMME DU PEUPLE		DUBOIS.
Id. Id.		VINCHON.
LAZULI	MMmes	PAOLA MARIÉ.
LA PRINCESSE LAOULA		BERTHE STUART.
ALOÈS		LUCE.
OASIS		BLOT.
YOUKA		HENRIETTE.
ASPHODÈLE		ADRIENNE.
ZINNIA		CAMILLE.
KOUKOULI		BLANCHE.
ADZA		ESTHER.

PEUPLE, GARDES, HOMMES ET DAMES DE LA COUR, ETC.

La scène se passe dans la capitale des Trente-Six Royaumes.

Costumes dessinés par GRÉVIN. — Décors de M. CORNIL.

S'adresser, pour toute la musique, à MM. ÉNOCH père et fils, éditeurs, 27, boulevard des Italiens.

L'ÉTOILE

ACTE PREMIER

Une place publique. — A droite premier plan, une sorte d'observatoire terminé par une plate-forme et dont on n'aperçoit qu'une
partie. — A gauche, également au premier plan, l'entrée d'une
hôtellerie avec balcon praticable. — Vers la droite, un arbre sous
lequel se trouve un banc de gazon.

SCÈNE PREMIÈRE

HOMMES DU PEUPLE, *puis* **OUF.**

INTRODUCTION.

*(Il fait petit jour. Tout le monde va et vient avec une sorte d'agi-
tation mystérieuse.)*

CHŒUR.

Méfions-nous... On dit que par la ville,
Sous un déguisement,
Quittant son domicile,
Notre bon roi dans ce moment
Se glisse et se faufile.

UN HOMME DU PEUPLE, *à un autre.*
Que faites-vous ?

DEUXIÈME HOMME.
Je me méfie.
Et vous ?

1

PREMIER HOMME.

Je me défie !

TOUS DEUX.

Méfions-nous !
Défions-nous !

REPRISE.

Méfions-nous... On dit que par la ville,
Etc., etc.

(Entre Ouf. Il est enveloppé d'un long manteau.)

OUF, *arrivant essoufflé.*

(Parlé.) Ouf !... *(Au public.)* Ouf Ier... *(Reprenant le chant.)*

C'est moi,
Le roi !
Silence et mystère !...
Mon dessein est ténébreux
Et mon plan aventureux,
Mais à tous je dois le taire...
C'est moi,
Le roi !
Silence et mystère...

(Regardant autour de lui.)

Du monde... Voici le moment
D'exécuter mon plan !

(Arrêtant un homme du peuple.)

De ma main, mon cher camarade,
Acceptez-vous une rasade ?

L'HOMME, *à part.*

Méfions-nous !

OUF.

Voyons, mon cher, acceptez-vous ?
Ce petit vin monte à la tête,
Il est aussi frais qu'il est doux.

L'HOMME.

Monsieur, vous êtes bien honnête !

OUF.

Mais, un mot, dites-moi :
Ici, que pense-t-on du roi ?

L'HOMME, *s'éloignant vivement, à haute voix.*
Vive Ouf !

TOUS.

Vive Ouf !

OUF, *à part.*
Ah ! que j'ai peu de chance !
Il faut que je recommence !...

(*Il arrête un autre homme dont il prend le bras.*)

Permettez que je vous arrête,
Vous avez une aimable tête.

L'HOMME, *à part.*
Méfions-nous !

OUF.

Sans façon accepterez-vous
De ma main ce petit cigare ?
C'est un londrès, et de sept sous.

L'HOMME, *examinant le cigare.*
Oui, le tabac en est fort rare.

OUF.

Mais un mot seulement :
Que dit-on du gouvernement ?

L'HOMME, *jetant vivement le cigare et s'éloignant. A haute voix :*
Vive Ouf !

TOUS.

Vive Ouf !

OUF, *à part.*
Que j'ai donc peu de chance.
C'est à perdre patience !

REPRISE.

Méfions-nous ! On dit que par la ville,
Etc., etc.

(*Tout le monde s'éloigne en l'examinant avec inquiétude. — Le
jour est venu peu à peu.*)

SCÈNE II

OUF, *les regardant s'éloigner*.

Oh ! oui !... Si jamais un monarque a eu peu de chance, c'est bien moi !... Quand je pense qu'il n'y a pas un seul de ces gaillards-là qui dira du mal du gouvernement ! Que diable ! ce n'est pourtant pas beaucoup demander !... Il y a même des pays où on ne fait que ça ! ... Eh bien ! ici, pas moyen !... Ce peuple est d'un arriéré !... Si ce n'est pas à devenir fou !... (*Au public.*) Mais, va-t-on me dire : Pourquoi, toi, OUF Ier, roi des Trente-Six Royaumes, car je suis roi des Trente-Six Royaumes tout simplement, pourquoi te montres-tu si désolé de ne pas trouver un seul mécontent dans tes États ?... Pourquoi ? le voici : Quelques heures à peine nous séparent du jour de ma fête, la Saint-Ouf et mon peuple entier s'apprête à me la souhaiter avec cœur et effervescence... Moi, de mon côté, j'ai l'habitude de répondre par quelques gracieusetés : feu d'artifice, courses en sac, enfin, tout l'attirail ordinaire. Ce qui n'est pas ordinaire, par exemple, c'est la partie la plus importante de la fête. Tous les ans, à la Saint-Ouf, j'offre à mes sujets le spectacle d'une petite exécution... C'est moi qui ai eu cette idée-là... Ici, ça les amuse énormément: Je me souviens même que l'année dernière ça été d'un gai !... Jusqu'au condamné qui était enchanté !... Il m'a dit : « Eh bien ! c'est très-gentil, je reviendrai ! » Malheureusement, il n'en est pas revenu !... Oh oui ! malheureusement !... Car voici ma situation : tout est prêt, le feu d'artifice est en place, les jeux sont là qui attendent, avec les lapins pour les gagnants... Il ne me manque qu'une chose, le condamné !... J'ai les lapins, mais je n'ai pas le condamné... Imaginez-vous que mes sujets ont été cette année d'une sagesse désespérante... Voilà une fête qui va manquer d'entrain !... Alors, je me suis dit : « Puisqu'il n'y a pas de coupable, je vais tâcher d'en faire un. » Et, dissimulé sous ce manteau, je tends des piéges à tous ceux que je rencontre, à seule fin de leur faire commettre un délit quelconque... Mais rien ! absolument rien !... Enfin, je vais aller voir dans un autre quartier si je serai plus heureux... Mais d'abord... (*Appelant.*) Siroco !...

SIROCO, *paraissant à droite sur la plate-forme.*

Votre Majesté m'appelle ?

OUF.

Oui... descends...

SIROCO.

A l'instant, Majesté, (*Il disparaît.*)

OUF, *seul.*

C'est mon astrologue ! Je ne commencerais jamais une journée sans avoir causé avec lui... Il me manquerait quelque chose.

SCÈNE III

OUF, SIROCO.

SIROCO, *arrivant en scène.*

Grand prince, je m'incline...

OUF.

As-tu fait mon horoscope de la journée?

SIROCO.

Il n'est pas encore tout à fait terminé. J'ai été retenu assez tard par des commandes pour la ville.

OUF.

Des commandes pour la ville ?

SIROCO.

Oui, quelques horoscopes particuliers, pour des bourgeois... Votre Majesté sait bien qu'elle m'a autorisé... Ce sont mes petits bénéfices...

OUF.

C'est vrai... Tu es très-peu payé chez moi...

SIROCO.

Excessivement peu, Majesté

OUF.

Combien as-tu, déjà?

SIROCO.

Douze cents francs.

OUF.

Le fait est que ce n'est pas énorme.

SIROCO, *vivement.*

N'est-ce pas, Majesté?... (*A part avec espoir.*) Est-ce qu'il voudrait m'augmenter ?

OUF.

On ne peut pas compter sur un bien grand dévouement pour ce prix-là, n'est-ce pas?

SIROCO.

Dame! Sur un dévouement de douze cents francs,

OUF.

Oui... Eh bien, Siroco, je viens de trouver un moyen d'être absolument sûr du tien... Je t'ai couché sur mon testament...

SIROCO, *joyeux.*

Vraiment !...

OUF.

Tu ne serais sans doute pas fâché de connaître la clause qui te concerne ?

SIROCO.

Si ce n'était pas abuser...

OUF.

Pas le moins du monde... Il est même bon que tu sois prévenu... Je vais te la dire : « Un quart d'heure après ma mort, le nommé Siroco, astrologue de la cour, devra

me suivre dans la tombe. Telle est mon expresse volonté ;
on agira en conséquence. »

SIROCO, pâlissant.

Hein?

OUF.

J'ai pensé que ça te ferait plaisir de ne pas quitter ton
maître. (Sévèrement.) Est-ce que ça ne te fait pas plaisir?

SIROCO.

Si ! Si !

OUF.

A la bonne heure!... Vois tu, mon bon Siroco, de cette
façon-là, ton intérêt est de me conserver le plus longtemps possible... Aussi, je suis bien certain que tu veil-
leras sur mon existence comme sur la tienne et que,
lorsque tu interrogeras les astres sur mon compte, tu le
feras consciencieusement, au lieu de me repasser, comme
l'autre jour, des horoscopes du mois dernier...

SIROCO.

Mais, Majesté...

OUF, passant.

Il suffit... Ne me remercie pas... (Le regardant avec un
bon sourire.) Ce bon Siroco!... (Lui prenant le bras.) Et
maintenant causons sérieusement... Tu sais que dans
quelques jours je vais me marier ?...

SIROCO.

Oui... Avec la princesse Laoula, la fille de votre voisin,
le roi Mataquin.

OUF.

Tu l'as dit... La princesse est en route et ne tardera
pas à arriver... Cette union, tu en connais les motifs...
Depuis quelque temps, les relations diplomatiques avec
Mataquin devenaient très-tendues, mon Foreign-Office
recevait des notes de plus en plus aigres, la guerre pou-
vait éclater d'un jour à l'autre... Catastrophe pour catas-

trophe, j'ai préféré arranger la chose par un mariage...
comme cela, il n'y aura pas mort d'homme. — Au contraire...

SIROCO, *sans comprendre*.

Au contraire?

OUF.

Je l'espère, du moins... La constitution des Trente-Six
Royaumes émet le vœu que le souverain ne dépasse pas
la quarantaine sans avoir donné un héritier à la couronne...
J'ai trente-neuf printemps, je dois donc songer à déférer
au vœu de la Constitution... Les astres me le permettront-
ils ?... Voilà ce que je te charge d'élucider.

SIROCO.

Alors, Votre Majesté désire savoir?...

OUF.

Si je puis aspirer à l'honneur d'être père par moi-même,
oui, Siroco... Et tu vas commencer tes observations dès
aujourd'hui...

SIROCO.

C'est que, Majesté...

OUF.

Quoi ?

SIROCO.

La chose est très-délicate et je ne se sais si avec les
ressources dont je dispose... votre observatoire ne con-
tient que des instruments assez primitifs et il me semble
qu'un crédit supplémentaire...

OUF.

C'est une carotte ?...

SIROCO.

Non! non!... Seulement, je vais vous dire : je n'ai
qu'un télescope dioptrique, et, pour faire un travail sérieux, il me faudrait au moins un télescope catoptrique
à verres convexes... J'en ai justement vu un très-beau
hier chez un opticien, sur les quais....

OUF.

Combien ?

SIROCO.

Ah ! presque rien, Majesté... Soixante mille francs...
(*A part.*) Je partage avec le marchand.

OUF.

Comment, presque rien !... Mais il est très-cher, ton
télescope !

SIROCO.

La science a fait tant de progrès.

OUF

Enfin ! (*A part.*) Il me vole, mais il s'y prend bien...
Dioptrique, catoptrique, impossible de discuter ça...
(*Haut.*) Tu le feras apporter.

SIROCO.

Merci, Majesté !...

OUF, *à part.*

Maintenant, il s'agit de continuer ma chasse au coupable... (*Haut.*) Adieu, Siroco, je vais faire un tour dans
la ville...

SIROCO.

J'accompagnerai Votre Majesté jusqu'aux quais, je vais
chez l'opticien.

OUF, *s'en allant avec lui.*

C'est ça... En route, je te ferai part de l'objet de ma
promenade... Et souviens-toi... « Un quart d'heure après
ma mort, le nommé Siroco, astrologue de la cour, devra
me suivre dans la tombe. Telle est ma volonté expresse. »
(*Ils s'éloignent par la gauche. — Musique. — De droite
arrivent Hérisson, Tapioca, Laoula et Aloès.*)

1.

SCÈNE IV

HÉRISSON DE PORC-ÉPIC, TAPIOCA, LA PRINCESSE LAOULA, ALOES.

QUATUOR.

ENSEMBLE.

Nous voyageons incognito,
        Sans rien dire à personne.
Et nous allons sous le manteau,
        Sans que nul nous soupçonne ;
Nous voyageons incognito !

HÉRISSON.

Surtout, n'oublions pas nos rôles,
Il s'agit d'être insidieux.
Qu'on se rappelle mes paroles,
Pour dépister les curieux...

ALOÈS ET TAPIOCA.

Il s'agit d'être insidieux.

LAOULA.

Pour dépister les curieux !

HÉRISSON.

(*Parlé.*) A vous, princesse !

LAOULA, *comme si elle récitait une leçon.*
Nous voyageons pour nos affaires
A travers villes et cités,
Nous sommes premiers et premières,
D'un magasin de nouveautés.

HÉRISSON.

(*Parlé.*) Très-bien !... (*A Aloès et Tapioca*) A vous !

ALOÈS ET TAPIOCA, *de même.*
Nous voyageons pour nos affaires, etc.

HÉRISSON.

(*Parlé.*) Parfait ! Maintenant, ensemble !

TOUS LES QUATRE.

Nous voyageons pour nos affaires, etc.

HÉRISSON.

(*Parlé.*) Et maintenant, vous vous rappelez la chanson
que les commis chantent chez nous ?

TOUS.

Parfaitement.

HÉRISSON.

Alors, attention.

CHANSON.

I

HÉRISSON.

Aussitôt que l'aurore, aux doigts gantés de rose,
Éclaire à son lever les établissements
De nouveautés, où le bon goût repose,
A nos vitrin's, apparaiss'nt les clients,
Là, tout article en prix connus s'expose,
On voit s'arrêter chaqu' passant
Et les femm's dis'nt en rougissant :
« Quels sont donc ces jolis jeun's gens ?
Si bien mis, si fringants ?...

ENSEMBLE.

Vendant la cretonne ou la perse,
C'est les employés jolis,
C'est les employés gentils,
Des maisons de commerce ?

II

LAOULA.

Les cheveux bien frisés et l'œil rempli de flamme,
Ils sont à leurs rayons, charmants et pleins d'appas :
Savoir bien dire : « Et avec ça, madame ? »
C'est un talent qui ne se donne pas.
Sous leurs regards, un' pauvre femme,
Achète, achète, sans compter,
Et s' dit, sans oser marchander :
« Quels sont donc ces jolis jeun's gens,
Si bien mis, si fringants ?... »

ENSEMBLE.

Vendant la cretonne ou la perse,
C'est les employés, etc.

HÉRISSON, *d'un air rageur.*

Tapioca, tu as les parapluies ?

TAPIOCA, *sans comprendre.*

Patron ?...

HÉRISSON.

Je te demande si tu as les parapluies !...

TAPIOCA, *vérifiant.*

Les parapluies, oui, patron. (*A part.*) Il est toujours en colère, cet homme-là...

HÉRISSON.

Et le sac de ma femme ?

TAPIOCA.

Patron ?

HÉRISSON.

Je te demande si tu as le sac de ma femme !...

TAPIOCA, *à part.*

Quel caractère !... (*Haut.*) Le sac ?... Oui, patron.

HÉRISSON, *l'imitant.*

Oui, patron !... Dire que c'est là mon secrétaire intime !... Comme secrétaire, tu es bien pâle, mon pauvre garçon !... Heureusement, tu me rends d'autres services... à ma femme aussi...

TAPIOCA.

Oui, patron.

HÉRISSON.

Elle t'aime assez, ma femme... Aussi, en ce qui la concerne, je m'en rapporte à toi pour bien des choses...

ALOÈS, *vivement.*

Et vous avez raison, mon ami...

TAPIOCA.

Oh ! oui, patron !

HÉRISSON.

Mais laissons cela. Mes enfants, j'ai la satisfaction de vous annoncer que nous sommes arrivés...

TOUS.

Ah !

ALOÈS.

Eh bien! ce n'est pas malheureux!... En voilà un voyage !

LAOULA.

Le fait est... Nous faire promener à pied sur les grandes routes, sans suite et sous des costumes d'emprunt, au lieu de dire bien haut qui nous sommes...

ALOÈS.

Je vous demande un peu si cela a le sens commun !

HÉRISSON.

Silence, madame !... Ce sont choses que vous ne pouvez pas comprendre... Chargé par le roi Mataquin, mon maître, d'une mission de confiance, et porteur d'un ultimatum terrible pour le cas où elle ne réussirait pas, je ne saurais m'entourer de trop de précautions... je me conduis en diplomate... C'est de la diplomatie.

ALOÈS.

Et c'est pour cela que tout le long de la route vous avez fait passer la princesse pour votre femme, tandis que c'est moi ?

HÉRISSON.

Pas pour autre chose!... Il est évident que je pourrais dire à tout le monde : Je suis le prince Hérisson de Porc-Épic, ambassadeur et plénipotentiaire du roi Mataquin.... Voici ma femme Aloès et mon secrétaire intime Tapioca.

TAPIOCA, *machinalement.*

Oui, patron...

HÉRISSON, *haussant les épaules.*

Oui, patron !... (*Reprenant.*) Quant à mademoiselle, c'est la charmante princesse Laoula, la fille du roi, mon maître... Je pourrais dire tout cela... Un autre à ma place le dirait même...

LAOULA.

Ce serait plus simple...

HÉRISSON.

Justement, princesse... C'est pourquoi je ne le dis pas... Le jour où on ferait les choses simplement, que deviendraient les hommes d'État et les diplomates ?...

ALOÈS.

Eh bien ! Ils deviendraient des hommes comme les autres et ça n'en irait pas plus mal.

HÉRISSON, *furieux*.

Tenez, vous ne comprendrez jamais rien à la diplomatie !...

LAOULA.

Mais cette mission dont vous êtes chargé !

HÉRISSON.

Quand il en sera temps, princesse, je vous la ferai connaître.

LAOULA.

Car enfin, je ne sais pas pourquoi je suis venue ici, moi... Papa m'a dit : Le prince Hérisson de Porc-Epic va faire un petit voyage avec sa femme, tu les accompagneras... Ça te fera du bien et je suis sûr que tu ne reviendras pas comme tu seras partie... Papa vous a donc défendu de me dire ?...

HÉRISSON.

Pas le moins du monde, princesse... Un autre à ma place vous le dirait même...

LAOULA.

Eh bien ?

HÉRISSON.

C'est pour cela que je ne vous le dis pas...

LAOULA.

Ah !

HÉRISSON.

En attendant, voici une hôtellerie où nous pourrons nous reposer... Tapioca, offre ton bras à madame Hérisson.

TAPIOCA, *vivement*.

Oui, patron...

HÉRISSON, *à Laoula*.

Princesse... (*Se reprenant.*) Ma femme...

LAOULA, *riant.*

Mon mari... (*Elle lui prend le bras.*) Vous savez que ça m'ennuie de passer pour votre femme...

HÉRISSON.

Je comprends ça, mais il le faut, princesse... la diplomatie... Et surtout, n'oublions pas que...

REPRISE.

Nous voyageons incognito, etc...

(*Ils entrent dans l'hôtellerie.*)

SCÈNE V

LAZULI, *arrivant. Il porte en bandoulière un coffret et sous le bras un grand pliant.*

Impossible de les rejoindre... J'ai perdu leurs traces... C'est dommage ! Eh bien ! Qu'est-ce que c'est Lazuli ? Un soupir... comme si tu ne ferais pas mieux de t'occuper de ton commerce !... Voici justement une place où je pourrai installer ma petite boutique ambulante... (*Il se met à disposer son coffret sur le pliant.*)

RONDEAU.

Je suis Lazuli !
Lazuli !
Le colporteur joli,

Le fournisseur des dames !
Et je vends au plus juste prix
Bijoux, parfums, poudre de riz,
Enfin, tout ce qui plaît aux femmes !
    Oui, je suis Lazuli,
    Le colporteur joli,
    Le fournisseur des dames !

Je suis, mesdames, je le jure,
Tout aussi fort que la nature
Car, je le dis en vérité,
Par l'art, j'embellis la beauté.

Si vous écoutez mon programme,
Toute l'essence de la femme
Vous la trouvez, c'est positif,
Dans mon magasin portatif.

Ces yeux dont l'amoureuse flamme
Jettent le trouble dans notre âme,
Ces yeux brillant sous le sourcil,
Ce n'est qu'un crayon... le voici !

Ces lèvres si fraîches, si roses,
Qui disent de si douces choses,
Ce n'est qu'un bâton de carmin,
Ce pot de rouge, c'est le teint !

Voyez encor cette eau magique,
Ces flacons d'un effet unique,
Par eux je puis à vos cheveux
Donner la couleur que je veux !

Aussi, sans faire de réclame,
Modestement je le proclame,
Grâce à tous mes philtres vainqueurs,
La mère et la fille sont sœurs !...
    Ah ! ah !
    Lazuli ! Lazuli !
    Je suis Lazuli etc...

(Il va porter son coffret près de l'arbre, avec un nouveau
soupir.)

Ah !... c'est égal, j'ai beau faire, je ne puis écarter de

moi ce souvenir... A une lieue d'ici, environ, j'ai rencontré des voyageurs, deux femmes et deux hommes... Les deux femmes étaient soigneusement voilées, mais à un moment, le vent — était-ce le vent? — a écarté un des voiles et m'a laissé voir le plus joli visage du monde, me riant au nez si gentiment, si adorablement, que moi, Lazuli, me voilà... eh bien! oui! me voilà amoureux, comme dans les romans J'ai suivi les voyageurs, mais aux portes de la ville, ils ont disparu... O ma belle inconnue! Pourrai-je te revoir?...

SCÈNE VI

LAZULI, SIROCO,

SIROCO, *revenant avec un télescope.*

J'ai trouvé pour 75 francs quelque chose de très-gentil...

LAZULI.

Qu'est-ce que c'est que celui-là? (*S'approchant de lui.*) Monsieur est savant?

SIROCO, *d'un ton rogue.*

Monsieur ne l'est pas?

LAZULI, *riant.*

Non...

SIROCO.

Tant pis pour vous... Si vous saviez comme il est doux d'observer les astres, d'y lire l'avenir!.,.

LAZULI.

L'avenir! Vous lisez l'avenir?

SIROCO.

C'est mon métier... Et même, si vous étiez curieux d'interroger votre étoile...

LAZULI.

Mais certainement...

SIROCO.

En ce cas... (*Il tend la main.*)

LAZULI.

Ah! ma main... la voilà...

SIROCO, *l'examinant.*

Belles lignes, jeune homme... vous irez jusqu'à cent
ans... si vous ne vous arrêtez pas en route... mais les
astres m'en diront bien davantage, quand vous aurez...

LAZULI.

Quoi?... (*Siroco lui fait signe de payer.*) Ah! il faut
payer d'avance?

SIROCO.

Oui... Parce qu'après, on ne sait jamais...

LAZULI, *lui donnant une pièce.*

Voici...

SIROCO.

Merci, jeune homme... Je monte à mon observatoire
et je vais m'occuper de vous... (*Il entre à droite.*)

SCÈNE VII

LAZULI, *seul.*

Avec tout ça, je lui ai donné ma dernière pièce d'or
et il ne me reste plus de quoi déjeuner... Bah! Qui dort
dîne!... je vais m'étendre sous cet arbre et faire un
somme en attendant la pratique... (*Il se dispose à s'étendre,
d'un air rêveur.*) L'avenir?... Que me réserve-t-il et que
me dira mon étoile?...

ROMANCE.

O petite étoile!
Du destin c'est par toi
Que je vais soulever le voile!
O petite étoile!
Réponds-moi,
Et dis-moi
L'avenir, ô petite étoile!

Tu peux, gentille prophétesse,
Tu peux me donner la richesse ;
Ou bien promettre à mes désirs
Et la puissance et les plaisirs.
Tu peux, au gré de ton caprice,
Tu peux, étoile protectrice,
Faire de moi,
Un prince, un roi !

O petite étoile etc...

Allons, dormons !...

SCÈNE VIII

LAZULI *endormi*, HÉRISSON, TAPIOCA.

HÉRISSON, *sortant avec Tapioca de l'hôtellerie.*

Surtout, n'est-ce pas ?... Ne sortez pas d'ici avant que
je ne sois revenu... (*A Tapioca.*) J'aurais peut-être dû te
laisser pour tenir compagnie à ma femme...

TAPIOCA, *vivement.*

J'y vais, patron...

HÉRISSON, *le retenant:*

Non, au fait... comme diplomate, je dois être accompagné de mon secrétaire intime... cette pauvre Aloès
va s'ennuyer...

TAPIOCA, *tristement.*

Oh oui !...

HÉRISSON.

Mais le devoir avant tout... Tu as l'ultimatum ?

TAPIOCA.

Le voici.

HÉRISSON.

Donne-le moi... Je ne dois plus m'en séparer. Et maintenant, au palais... (*Il s'en va, Tapioca lui emboîte le pas.*)

SCÈNE IX

LAZULI *endormi,* LAOULA, ALOÈS.

(*Dès qu'ils ont le dos tourné, Aloès paraît à la porte de l'hôtellerie.*)

ALOÈS.

Ils sont partis !... Princesse ! Princesse !...

LAOULA, *à la porte.*

Mais on nous a défendu de sortir...

ALOÈS.

Raison de plus !... Quand les chats ne sont pas là !...

LAOULA.

Je n'ose pas...

ALOÈS, *allant la prendre par la main.*

Mais venez donc... Je ne vous comprends pas... (*Elle l'amène au milieu du théâtre.*)

LAOULA, *apercevant Lazuli.*

Ah ! mon Dieu !

ALOÈS.

Quoi donc ?

LAOULA.

Regarde...

ALOÈS.

Un jeune homme endormi... mais c'est qu'il n'est pas mal du tout...

LAOULA.

Je crois bien !... Il est charmant...

ALOÈS.

Il me semble l'avoir déjà vu.

LAOULA.

Mais oui... C'était lui qui nous suivait sur la route...

ALOÈS.

Vous l'aviez remarqué ?

LAOULA.

Sans doute...

ALOÈS.

Voyez-vous ça!

LAOULA.

Rentrons bien vite... J'ai peur... s'il se réveillait...

ALOÈS.

Mais j'y compte bien, qu'il se réveillera... Et je vais même l'y aider... (*Elle va à la porte de l'hôtellerie où se trouve une botte de paille.*)

LAOULA.

Que fais-tu?

ALOÈS.

Vous allez le voir... (*Elle prend plusieurs brins de paille et revient à Lazuli.*)

DUO, COUPLETS ET TRIO.

ALOÈS.
Il faut le chatouiller,
Pour le mieux réveiller!

LAOULA.
Eh quoi? Le chatouiller!

ALOÈS.
Pour le mieux réveiller.

LAOULA.
Non! non! Rentrons, je t'en conjure!

ALOÈS.
Renoncer à cette aventure!
Je m'en promets trop de plaisir.

LAOULA.
Ah! Tu me fais mourir!

(*Aloès s'est cachée derrière l'arbre et, sur une courte musique de scène, elle promène son brin de paille devant la figure de Lazuli. Jeu de scène.*)

ALOÈS, *riant.*
Ah! ah! la drôle de figure!

LAOULA.

Rentrons! Rentrons! Je t'en conjure!
(*Elle regarde le jeu de scène et éclate de rire malgré elle.*)
Ah! ah! ah! ah!... A mon tour à présent!

ALOÈS.

Vous y prenez goût, maintenant!
(*Laoula est allée la rejoindre derrière l'arbre et s'est mise aussi à
tourmenter Lazuli.*)

LAOULA ET ALOÈS.

Ah! ah! la drôle de figure!...
Il faut le chatouiller,
Pour le mieux réveiller!

LAOULA, *quittant l'arbre et redescendant.*

COUPLETS.

I

Mon Dieu! mais, au fait, j'y pense!
Si l'on me voyait ainsi!...
Ni mon rang, ni ma naissance
Ne me permettent ceci...
Ma foi! Tant pis! Que l'on dise
De moi ce que l'on voudra,
C'est peut-être une bêtise :
Mais j'ai du plaisir à ça!...
Elle se dirige de nouveau vers Lazuli, puis s'arrête tout à coup.)
Ah! c'est égal,
C'est mal
Pour une princesse de sang royal.
Oui, c'est bien mal, en somme,
De chatouiller un p'tit jeune homme!

II

ALOÈS.

Ce n'est qu'histoire de rire,
S'il n'était pas endormi
Notre esprit, je dois le dire,
Ne serait pas si hardi.

Mais il dort, cela nous donne
Le courage qu'il nous faut.
Faisons-nous mal à personne ?
Et rire est-il un défaut ?...
(*Même jeu que plus haut.*)
Ah ! c'est égal etc...

ALOÈS.

Allons !
Continuons !

LAOULA.

Continuons !

(*A ce moment, Lazuli se soulève doucement et les aperçoit.*)

LAZULI, *à part.*

Ah ! Qu'ai-je vu ?

(*Il se laisse retomber.*)

LAOULA, *effrayée.*

On dirait qu'il s'éveille,
N'as-tu pas entendu ?

ALOÈS, *se penchant sur Lazuli qui fait semblant de dormir.*

Plus que jamais il sommeille...
Continuons !

LAOULA.

Continuons !

LAZULI, *à part.*

Attendons !

ENSEMBLE.

Il faut le chatouiller, etc...

LAZULI, *qui s'est levé, étendant à la fois les deux bras et les
saisissant toutes les deux.*

Coucou !... Vous êtes prises, mes belles !...

LAOULA ET ALOÈS, *avec un cri.*

Ah !

LAZULI, *les amenant sur le devant de la scène et faisant une
grosse voix.*

Maintenant, arrivez ici !... Qui êtes vous ?

LAOULA, *intimidée, balbutiant.*

Mais... je ne sais pas...

ALOÈS, *venant à son secours.*

Nous sommes des demoiselles de magasin!...

LAOULA, *vivement.*

Oui! oui!... Premières au Grand Mogol... nous voyageons pour affaires...

LAZULI.

Libres ou mariées?

LAOULA.

Mais monsieur...

LAZULI.

Les deux hommes qui vous accompagnaient?

ALOÈS.

Sont de simples employés de magasin, comme nous!

LAOULA, *vivement.*

Oui, oui!... Premiers au Grand Mogol... Ils voyagent pour affaires...

LAZULI.

Très-bien!... On peut causer... (*A Laoula.*) Comment vous appelez-vous?

LAOULA.

Moi?... Laoula.

LAZULI.

Eh bien! Laoula, je vous aime!...

LAOULA.

Grand Dieu! déjà?...

LAZULI.

Vous ne savez donc pas que je vous avais vue... que je connaissais votre visage?...

LAOULA.

Mais si!.. Puisque c'est moi qui vous l'ai montré...

LAZULI.

Vous!... Ah! mademoiselle! (*Il l'embrasse.*)

LAOULA, *perdant la tête.*

Un baiser!

ALOÈS, *à part.*

Ah! mais! ça tourne mal!... (*Haut, les séparant.*) Et vous? Qui êtes-vous?

LAZULI.

Moi?... Lazuli, négociant.

LAOULA ET ALOÈS.

Un négociant!...

LAZULI, *leur montrant le coffret.*

Voici mes magasins...

LAOULA, *regardant.*

Ah! mon Dieu!... Vois donc, Aloès!... Des parfums! du rouge, de la poudre de riz!... (*A Lazuli.*) On peut toucher?

LAZULI.

Ne vous gênez pas !

LAOULA.

Quelle chance !... Moi qui aime tant ça, me pomponner!... (*Elles s'occupent à mettre le coffret sens dessus dessous. Laoula s'empare d'une glace et d'une immense houppe.*)

SCÈNE XI
LES MÊMES, HÉRISSON, TAPIOCA.

HÉRISSON, *revenant avec Tapioca.*

Personne au palais!... Je suis furieux... (*Apercevant Laoula et Aloès.*) Que vois-je!... La princesse se maquillant en compagnie d'un jeune homme de peu!... (*S'avançant.*) Mesdames...

LAOULA ET ALOÈS.

Ah !

HÉRISSON.

Je vous avais dit de ne pas sortir!... (*A Lazuli.*) Quant à vous, jeune drôle, que je ne vous retrouve plus avec ma femme!... (*Il entraîne Laoula.*)

LAZULI.

Sa femme !...

2

LAOULA, *protestant.*

Mais je ne suis pas...

HÉRISSON, *bas.*

Silence, princesse !... Au nom de la diplomatie !...
Vous voulez donc me faire perdre ma place?... (*Haut.*)
Rentrons... Tapioca, le bras à madame...

TAPIOCA.

Oui, patron... (*Il offre son bras à Aloès.*)

HÉRISSON, *offrant le sien à Laoula.*

Et nous, bonne amie...

LAOULA, *à part.*

Oh ! Il est ennuyeux le Hérisson ! (*Ils rentrent dans l'hôtellerie.*)

SCÈNE XI

LAZULI, *puis* OUF.

LAZULI.

Sa femme !... Elle était mariée !... Et elle me faisait
croire qu'elle était libre !... (*Il se laisse tomber avec désespoir sur le banc.*)

OUF, *revenant, à part.*

Je viens du quartier des Écoles, de l'autre côté de
l'eau... D'ordinaire c'est assez turbulent par là... Ah
bien ! oui !... Calme plat... je rentre bredouille...

LAZULI, *se levant et se mettant à arpenter la scène.*

Oh ! oui ! Je l'oublierai !... Je m'en irai bien loin, bien
loin !... Je ne veux plus la voir !...

OUF, *l'apercevant.*

Un jeune homme fiévreux et agité... Ah mais !...
quel espoir !... (*Allant à Lazuli.*) Jeune homme !...

LAZULI.

Passez votre chemin !...

OUF, *à part.*

Il est impoli... Quel espoir!... (*Haut.*) Pardon!... Je voulais vous demander si le gouvernement...

LAZULI.

Eh! je m'en moque un peu, du gouvernement.

OUF.

Il se moque du gouvernement!... Vous vous moquez du gouvernement?...

LAZULI.

Et si vous ne me laissez pas tranquille, je vous allonge un soufflet, vous entendez?...

OUF.

Un soufflet!... Vous feriez ça?

LAZULI.

Mais!...

OUF, *à part.*

Quel espoir!... (*Haut.*) Non, mais la, vrai? parole d'honneur, vous feriez ça?...

LAZULI, *lui donnant un soufflet.*

Je dirai même plus : c'est fait!...

OUF, *ivre de joie.*

Ah! un soufflet!... Il m'a donné un soufflet!... quel espoir!... Un peu fort, par exemple, mais enfin!... (*A Lazuli, avec effusion.*) Ah! merci, jeune homme, merci!... Tu ne sais pas tout le plaisir que tu me fais!...

LAZULI.

Il se moque de moi!... Tiens!... (*Il lui donne un autre soufflet.*)

OUF, *de plus en plus joyeux.*

Deux!... Ça fait deux!... J'ai la paire! O joie immense! Je tiens mon homme! (*Appelant.*) Siroco! Siroco!

SIROCO, *paraissant à l'observatoire.*

Grand prince?

OUF.

Je tiens mon homme!

SIROCO.

Ah! Tant mieux !... Mais je vous demande pardon, je
suis en observation... (*Il se retire.*)

OUF, *revenant, à Lazuli.*

Enfin! la fête ne ratera pas !... Ça sera gai!... On rira...
tu vas voir comme on rira !

LAZULI.

Ah çà! Qu'est-ce qu'il a donc?... Qu'est-ce que vous
avez?...

OUF, *redevenant sérieux.*

Tu vas le savoir !... (*Appelant.*) Holà! gardes!... A moi
tout le monde!... (*Musique.*)

SCÈNE XII

LES MÊMES, DES GARDES, LE PEUPLE, *puis*
LAOULA, ALOÈS *et* TAPIOCA.

FINAL.

(***Tout le monde accourt.*** — *Au bruit, Laoula, Aloès et Tapioca pa-
raissent sur le balcon de l'hôtellerie.*)

OUF.

Jeune homme! Tu viens de gifler le roi !

TOUS.

O ciel ! Il a giflé le roi !

TAPIOCA, LAOULA ET ALOÈS, *sur le balcon.*

Il a giflé le roi!

LAZULI.

J'ai giflé le roi !

OUF.

Le roi que tu giflas, c'est moi !
Une semblable offense
Demande une prompte vengeance,
Et sur l'heure, tu vas mourir !

LAZULI, *à part.*

Ma fois! mieux vaut mourir
Que plus longtemps souffrir !

OUF, *au peuple.*

Et vous, soyez heureux, bon sujets, car ma fête
Ainsi que l'an dernier sera complète :
Vous allez voir une fête complète !

TOUS, *gaiment.*

Nous allons voir une fête complète !

OUF, *se retournant vers ses gardes*

Qu'on apporte à l'instant les instruments du pal !

TOUS.

Le pal ! Le pal !

LAZULI.

Comme cela doit faire mal !

OUF.

Mon cher ami, ça m'est égal !

CHŒUR.

Le pal ! Le pal !
Est de tous les supplices
Le principal,
Et le moins rempli de délices !

(*On a apporté l'instrument du supplice. C'est un fauteuil doré
recouvert de velours.*)

OUF, *à Lazuli.*

COUPLETS.

I

Ce fauteuil, qui n'a l'air de rien,
Vous semble un fauteuil ordinaire ;
Eh bien ! mon cher, écoutez bien,
C'est un fauteuil extraordinaire.
D'abord il ne dit rien aux yeux,
Ce n'est qu'en s'asseyant soi-même
Que, par un truc ingénieux,
On en comprend tout le système...

Donnez-vous la...
Donnez-vous la...
Donnez vous la... peine de vous asseoir,
Mon bon ami, vous allez voir !

2.

II

(Prenant une manivelle, que lui donne un garde.)

Regardez-moi : sans nul effort
Je vais tourner la manivelle,
Et vite, au moyen d'un ressort,
Paraît une tige fort belle.
Et je puis, en un tour de main,
Ici faire monter la chose
D'un centimètre, ou dix, ou vingt ;
C'est une question de dose !...

(Il place la manivelle sur le fauteuil et se met en devoir de la tourner.)

Donnez-vous la...
Donnez-vous la...
Donnez vous la peine de vous asseoir,
Mon bon ami, vous allez voir !

TOUS.

Donnez vous la peine de vous asseoir,
Mon bon ami, vous allez voir !...

*(A ce moment, Siroco tout bouleversé paraît sur la plate-forme.
La musique continue à l'orchestre.)*

SIROCO.

Arrêtez ! arrêtez !...

LAZULI.

Une diversion !... Ah !... ce n'est pas de refus !...

SCÈNE XIII

LES MÊMES, SIROCO.

OUF, *à Siroco qui accourt.*

Eh bien ? Quoi ?... Qu'y a-t-il ?

SIROCO, *suffoqué, le prenant à part.*

Ah! grand prince !... Vous alliez joliment travailler !...

OUF.

Comment ?

SIROCO.

Ce jeune homme... il m'avait commandé son horoscope...

OUF.

... Eh bien?...

SIROCO.

J'étais en train de consulter les astres... Tout à coup...

OUF.

Quoi?...

SIROGO.

Qu'est-ce que je vois!

OUF.

Parle !

SIROCO.

C'est affreux!

OUF.

Va donc!

SIROCO.

Je vois que son étoile est intimement liée à la vôtre...
Elles ne peuvent pas se quitter...

OUF.

Comment?

SIROCO.

De sorte que lorsqu'un de vous deux aura cessé d'être,
l'autre...

OUF.

Achève... L'autre?...

SIROCO.

L'autre devra le suivre à un jour d'intervalle...

OUF.

Hein !... Qu'est-ce que tu me dis là ?

SIROCO.

La vérité, Majesté!... Et comme moi, d'après votre
testament, je dois mourir un quart d'heure après vous,
vous comprenez quelle importance j'attache...

OUF.

Sapristi! Et moi qui allais... (*Courant aux gardes qui tiennent Lazuli.*) Arrêtez! Arrêtez!... Tout est changé... (*Il se laisse aller sur le fauteuil en s'épongeant le front.*) Mon Dieu!... (*Se relevant vivement.*) Ah! Enlevez ça!... Mais enlevez donc ça!... Je fais grâce à ce jeune homme!... (*Mouvement.*)

LAZULI ET LAOULA, *joyeux.*

Grâce!...

OUF.

Il n'y aura pas d'exécution cette année...

TOUS, *désappointés.*

Ah!...

OUF.

Mais il y en aura deux l'année prochaine...

TOUS, *avec joie.*

Ah!...

OUF, *à Lazuli.*

Quant à toi, je t'emmène au plais avec moi.

LAOULA, *à part.*

Au palais!... lui!... ah! quel bonheur!...

(*Le chant reprend.*)

OUF.

Holà! Qu'on apporte soudain
Au lieu du pal, mon palanquin!

TOUS.

Qu'on apporte son palanquin!

(*On apporte le palanquin.*)

OUF, *très-gracieux, à Lazuli.*

Donnez-vous la peine de vous asseoir,
Chez moi je vais vous recevoir.

TOUS.

Donnez-vous la peine de vous asseoir,
Car le roi va vous recevoir.

(*Lazuli se place dans le palanquin. Défilé général.*

Rideau.

ACTE DEUXIÈME

La salle du trône. — Au premier plan, portes d'entrée à droite et à gauche. — Au deuxième plan, à gauche en pan coupé, une porte dissimulée dans la muraille. En face à droite, également en pan coupé, une porte d'entrée monumentale. — Au fond larges fenêtres donnant sur un lac.

SCÈNE PREMIÈRE

LAZULI, OASIS, ASPHODÈLE, YOUKA, ZINNIA, KOUKOULI, ADZA.

Lazuli métamorphosé et couvert de riches vêtements, est assis sur des coussins et achève de manger et de boire, servi par les demoiselles d'honneur.

INTRODUCTION.

CHŒUR.

Ah! le charmant garçon!
Qu'il est joli! qu'il est mignon!
Qu'il a bonne façon.
Et quelle tournure agréable!
Il nous fait perdre la raison.
Ah! le charmant garçon!
Tenez, monsieur! Vous êtes adorable!

LAZULI.

BRINDISI.

I

Vrai Dieu! C'est un rêve enchanteur,
Qu'étais-je hier? Un pauvre diable
Ayant pour tout trésor son cœur,
Et ne mangeant jamais à table.

Aujourd'hui, je suis grand seigneur,
Je goûte à des mets délectables,
Entouré de femmes aimables...
Ah! j'ai fait un rêve enchanteur!

TOUTES.

Seigneur, laissez-vous faire.
Tendez-nous votre verre!

LAZULI, *un peu gris, se levant.*

II

Je bois... Oui, mais... si vous saviez...
Ce petit vin, ô mes divines,
Me fait mieux voir vos petits pieds,
Vos grands yeux et vos tailles fines!...
Il m'étourdit par sa chaleur,
Ah! laissez-moi, laissez-moi prendre
A chacune un baiser bien tendre,
Pour finir mon rêve enchanteur!

LAZULI, *de plus en plus gai.*

Pardieu! Il faut que je vous embrasse!... (*Il s'élance vers Oasis.*)

OASIS, *s'échappant.*

Ah! (*Se défendant.*) Non! non!

LAZULI, *l'embrassant.*

Non, ça veut dire oui...

OASIS, *émue.*

Ah!

LAZULI.

Ton nom?

OASIS.

Oasis...

LAZULI.

Oasis... Eh bien! Oasis, tu me plais...

OASIS.

Vraiment!

LAZULI.

Et je le prouve. (*Il embrasse encore.*) A qui le tour?

ASPHODÈLE.

Oh! pas à moi!...

LAZULI.

Puisque tu y tiens, ma belle... voilà... (*Il l'embrasse. — A Zinnia.*) Et toi ?

ZINNIA.

Moi! Oh! je ne demande pas mieux!...

LAZULI, *l'embrassant.*

A la bonne heure !

YOUKA.

Eh bien ! Et moi, je ne me sauve pas, il me semble...

LAZULI, *l'embrassant.*

Voyez-vous ça !... Tenez, mes belles, vous êtes à croquer, et, s'il me fallait choisir, je crois que je vous prendrais toutes...

TOUTES, *l'entourant.*

Est-il gentil ! (*A ce moment, la porte de gauche s'ouvre et donne passage à Ouf et à Siroco.*)

OUF.

Eh bien ! eh bien !

OASIS.

Ah! le roi !

TOUTES.

Le roi!... (*Elles se séparent.*)

LAZULI.

Il arrive trop tôt!

SCÈNE II

LES MÊMES, OUF, SIROCO.

SIROCO, *à Ouf, lui montrant Lazuli.*

Vous voyez, on en a bien soin.

OUF.

Oui, je vois... seulement trop de femmes!... Trop de

femmes autour de lui ; j'avais dit trois ou quatre au plus,
pour lui tenir compagnie...

SIROCO.

On a cru devoir mettre la demi-douzaine, par symétrie.

OUF.

C'est une imprudence, la dose est trop forte... Mesde-
moiselles, allez-vous en...

OASIS.

Oh! sire... Il y a à peine une demi-heure...

OUF, *sévèrement.*

Vous serez donc toujours la même, mademoiselle
Oasis ?...

OASIS.

Mais...

TOUTES, *l'entourant.*

Mon bon petit roi...

OUF, *les regardant à part.*

Sont-elles affriolantes !... (*Haut.*) Eh bien ! Ecoutez !...
Vous reviendrez... Mais en ce moment nous avons à
parler sérieusement... Laissez-nous...

ASPHODÈLE, *câline.*

Mais nous reviendrons...

OUF.

Oui... oui !...

TOUTES, *joyeuses.*

Ah ! (*Elles sortent.*)

OUF, *les regardant s'éloigner.*

Décidément, il faudra en supprimer deux ou trois...

SCÈNE III

LAZULI, OUF, SIROCO.

LAZULI, *avec tristesse, à part.*

Elles sont parties... C'est dommage... Enfin !... Il faut
que je remercie le roi !... (*S'avançant vers lui.*) Grand roi...

OUF, *l'interrompant.*

Tais-toi... (*Lazuli s'arrête étonné. — A Siroco, bas.*)
Siroco, je suis inquiet... excessivement inquiet... Quand
je songe que de ce fatal jeune homme dépend mon
existence...

SIROCO.

Et la mienne, par contre-coup.

OUF.

Oh! la tienne, ça n'a pas la moindre importance...
(*Regardant Lazuli.*) Pourvu qu'il soit bien constitué!

SIROCO.

Espérons-le, mon Dieu! (*Ils vont à Lazuli.*)

LAZULI, *s'avançant.*

Grand roi!

OUF.

Tais-toi... reste comme ça...

SIROCO.

Ne bougez plus!

LAZULI, *étonné.*

Ah! (*Ouf et Siroco le font pirouetter à droite et à gauche.*)

OUF, *s'approchant de Lazuli.*

Pardon... je pense qu'il n'y a pas d'indiscrétion. (*Il
place son oreille sur la poitrine de Lazuli. — A Siroco.*)
Tape-lui dans le dos. (*Siroco obéit.*)

LAZULI, *ahuri.*

Ah! çà, qu'est-ce que vous faites donc?

OUF.

Rien, j'écoute... respire... plus fort... Très-bien...

SIROCO, *bas.*

Eh bien?

OUF, *bas.*

Poitrine très-confortable... Il ira loin... (*A Lazuli.*)
Tu iras loin, cher enfant.

SIROCO.

Cher jeune homme! (*Tous deux l'embrassent avec effusion.*)

LAZULI, *à lui-même.*

Ils sont bons.

OUF.

Maintenant, souffre que je t'adresse quelques questions. Bien entendu, tu portes de la flanelle?

LAZULI.

Moi? non.

OUF.

Il ne porte pas de flanelle!

SIROCO.

Il en portera!...

LAZULI.

Mais...

OUF.

Il faut que tu en portes! A partir de demain, tu en seras couvert de la tête aux pieds... Pas de flanelle! mais à quoi pensaient donc tes parents.?

LAZULI.

Mes parents?... Je n'en ai plus... je les ai perdus.

SIROCO.

Ah! mon Dieu!

OUF, *inquiet.*

Jeunes?

LAZULI.

A l'âge de quatre ans.

OUF, *désolé.*

Ses parents sont morts à l'âge de quatre ans!... On ne vit pas longtemps dans sa famille!

SIROCO.

Cristi

OUF, *les larmes aux yeux.*

C'est affreux!

SIROCO, *même jeu.*

C'est épouvantable !

LAZULI, *à part.*

Il n'y à pas à dire, ils sont très-bons !...

OUF.

Et quelle est la maladie qui les a ?...

LAZULI.

Oh ! ce n'est pas la maladie... Je les ai perdus à la suite d'un accident de voiture...

OUF, *avec explosion.*

Un accident de voiture !... Ah ! Siroco !

SIROCO.

Majesté !

ENSEMBLE.

Ce n'était qu'un accident de voiture !... (*Ils se mettent à sauter de joie.*)

LAZULI, *à part.*

Ils ont une drôle de conversation !

OUF.

Et maintenant, parle-moi franchement... Es-tu content de ta nouvelle position ?

LAZULI.

Si je suis content ? Oh ! je crois bien... Et je vous remercie... Votre Majesté peut compter qu'elle n'aura pas affaire à un ingrat et je m'en vais confus des bontés qu'elle veut bien avoir pour moi.

OUF.

Comment ! Tu t'en vas ?

SIROCO.

Il s'en va !

OUF.

Où t'en vas-tu ?

LAZULI.

Je vais faire un tour.

OUF.

Un tour ?... tout seul?...

LAZULI.

Dame !

OUF.

Mais tu n'y songes pas !...

SIROCO.

C'est impossible !

LAZULI.

Comment, impossible?...

OUF.

A partir d'aujourd'hui, ta vie sera réglée comme un papier de musique... La régularité dans les fonctions vitales, tout est là... Tu habiteras ici... tu y feras tout ce que tu voudras, à la condition que tu te conformes à toutes mes volontés...

LAZULI.

Ah! mais permettez...

OUF.

Tu pourras sortir! la promenade est hygiénique... seulement tu seras toujours accompagné par cinq ou six personnes, au moins, qui ne te laisseront pas écarter au-delà de cinq ou six kilomètres, au plus...

LAZULI.

Ah! mais! Ah! mais...

OUF.

Tout cela dans ton intérêt pour qu'il ne t'arrive rien... Si tu allais rencontrer des voitures, comme ta famille!... Cher enfant!

SIROCO.

Cher jeune homme !... (*Ils l'embrassent.*)

LAZULI, *à part.*

Mais qu'est-ce qu'ils ont ?

OUF.

Allons, nous te laissons... On va venir te prendre pour ta promenade...

LAZULI.

Ma promenade...

OUF.

Oui, tous les jours de une heure à deux. Adieu... (*L'embrassant.*) Cher enfant !

SIROCO, *même jeu.*

Cher jeune homme !...

OUF.

La régularité dans les fonctions vitales, tout est là !

SIROCO.

Tout est là. (*Ils sortent. On entend les serrures se fermer au dehors.*)

SCÈNE IV

LAZULI, *seul.*

Comment ! Ils m'enferment ! Ah ! çà, c'est donc sérieux?... Ils ont la prétention de me garder ici à vue, comme une petite fille... et ils croient que je me laisserai faire parce qu'ils m'ont donné de beaux habits et un bon déjeuner... Ah ! que non pas !... j'aime mieux ma pauvreté par exemple... Et puis il y a autre chose... Maintenant que mon estomac n'a plus rien à dire je commence à me souvenir que j'ai un cœur... Cette adorable petite femme dont je suis amoureux... Elle est mariée, c'est vrai, mais ça m'est égal... Je veux la revoir à tout prix et je saurai bien passer à travers les barreaux de ma cage !... voyons !... cette porte est fermée ! mais celle-ci... (*Il va à la porte de gauche.*) Aussi ! Et celle-là !... (*Il va à la porte de droite.*) Aussi... Ah ! alors la fenêtre... Diable ! C'est un peu haut

et il y a de l'eau au-dessous... Bah! qu'est-ce que ça fait?
Je nage comme un poisson... voyons, voyons... (*Apercevant une nappe sur une table.*) Voici qui me servira d'échelle
de corde... C'est un peu court, mais je sauterai... Il s'agit
de l'attacher solidement... (*Il attache la nappe au balcon
de la fenêtre.*) Ça y est... Et maintenant, à la grâce de
Dieu! (*Il disparaît très-lentement.*)

SCÈNE V

LAZULI, SIROCO, *puis* OUF.

SIROCO, *rentrant et l'apercevant.*

Ah! — Au feu! Au feu!

OUF, *accourant au bruit.*

Qu'est-ce qu'il y a!

SIROCO, *criant toujours.*

Au feu!

OUF, *se mettant aussi à crier.*

Au feu!... (*S'arrêtant.*) Où ça, le feu?

SIROCO, *le conduisant vers la fenêtre.*

Regardez!

OUF.

Ah!

SIROCO.

Il dégringole...

OUF.

Mais c'est moi qui dégringole, par contre-coup!...

SIROCO.

Et moi aussi!... nous dégringolons!

OUF.

Deux étages!

SIROCO.

Et le lac au-dessous!

OUF, *avec explosion.*

Et je ne sais pas nager.

SIROCO.

Nous allons nous noyer!...

OUF.

C'est horrible! (*Se penchant sur le balcon.*) Lazuli, mon ami, mon enfant, mon fils, remonte, je t'en prie, remonte... Fais ça pour moi.

SIROCO.

Fais ça pour nous.

OUF.

Ecoute, puisque tu le veux absolument, tu seras libre, libre comme l'oiseau... (*A Siroco.*) Ah! il remonte!... (*A Lazuli.*) Prends garde... va doucement... Mon Dieu! si la nappe craquait!... (*On voit reparaître Lazuli.*) Ah! le voilà! le voilà! (*Siroco et Ouf s'emparent de lui.*)

LAZULI.

Mais je serai libre... vous me le promettez?...

OUF.

Je te le jure... sur ta tête... Enjambe... enjambe... là!... Ah! vivant!... je suis vivant!

SIROCO.

J'en pleure... c'est nerveux! (*Ils tombent dans les bras l'un de l'autre.*)

LAZULI, *à part.*

Mais qu'est-ce qu'ils ont donc à m'aimer comme ça?

OUF.

Vilain enfant! Nous a-t-il fait une peur... aller s'exposer ainsi! Et pourquoi, je vous le demande?... Encore s'il avait un motif!...

LAZULI.

Mais, j'en ai un motif, j'en ai un... (*Avec énergie.*) J'aime!... Je suis amoureux fou!...

OUF.

Amoureux!... Il ne nous manquait plus que ça!...

SIROCO.

Il fait tout ce qu'il peut pour nous contrarier?

LAZULI, *surpris*.

Comment...

OUF.

Enfin, c'est bien... Tu l'épouseras...

LAZULI.

Qui?...

OUF.

Celle que tu aimes.

LAZULI.

Mais ça n'est pas possible... Elle est mariée...

OUF.

Mariée!... Il y a un mari!... jaloux, peut-être...

SIROCO.

C'est fait pour nous!...

LAZULI.

Oh! il ne m'embarrasse pas, le mari...

COUPLETS.

I

Quand on aime, est-il utile
De se torturer l'esprit
Pour cet obstacle futile,
Que l'on appelle un mari?
Avec un peu d'éloquence,
Sachez faire votre cour,
Le mari dans la balance
Ne pèse jamais bien lourd...

Un mari, la belle affaire!
Ce n'est pas un embarras!
Un mari ne gêne guère,
Un mari ne gêne pas!

II

Pour ma part, je suis sincère,
Je raffole d'un mari,
Et toujours j'en ai su faire,
Mon allié, mon ami.
Si la femme un jour me gêne,
Qui m'en évite l'ennui ?
Qui la sort ? Qui la promène ? —
C'est mon ami le mari !

Un mari la belle affaire !.. etc.

Et puis, si celui-là n'est pas content, la première fois que je le rencontre, je lui tire les oreilles et je le provoque...

OUF.

Un duel !

SIROCO.

Le malheureux !

OUF.

Tu ne te battras pas !

LAZULI.

Je me battrai...

SIROCO.

Non !

LAZULI.

Si ! si ! si !

OUF.

Ah ! ce garçon-là me rendra fou... Il saute par les fenêtres ! Il est amoureux... Il veut se battre !... Mais je suis une poule qui a couvé un canard !...

SCÈNE VI

LES MÊMES, HÉRISSON DE PORC-EPIC.

UN DOMESTIQUE, *annonçant.*

Son Excellence le prince Hérisson de Porc-Épic demande à être introduit...

3.

OUF.

C'est vrai, je l'avais oublié... L'ambassadeur qui m'amène ma royale fiancée... (*A Lazuli.*) c'est ta faute... J'oublie toutes mes affaires à cause de toi... (*Au domestique.*) Qu'on fasse entrer...

HÉRISSON, *au dehors avec bruit.*

Je ne fais jamais poser les autres... je n'aime pas qu'on me fasse poser.

LAZULI.

Ciel! Cette voix!...

OUF.

Quoi?...

LAZULI.

On dirait...

HÉRISSON, *entrant agité par la plus vive colère.*

S'il n'y était pas, il s'en mordrait les doigts... (*Apervant Ouf.*) Il y est!... (*A Ouf.*) Vous y êtes! Tant mieux pour vous... (*Il reste à la porte et s'incline respectueusement.*) Sire...

LAZULI, *avec éclat.*

C'est lui!...

OUF.

Qui, lui?

LAZULI.

Le mari!... Le mari de celle que j'aime!

OUF.

Allons bon!

LAZULI.

Il m'avait dit qu'il était dans la nouveauté et il est ambassadeur!

OUF.

Calme-toi!

HÉRISSON, *se relevant furieux, à Ouf,*

Ah! çà, dites-donc, vous ne vous occupez pas de moi.

OUF.

Si... si...

HÉRISSON.

Ah! bien!... (*Il s'incline de nouveau.*)

LAZULI.

Je vais le provoquer!...

OUF.

Ah! ne fais pas ça! ne fais pas ça! un homme si violent!...

HÉRISSON, *au comble de la colère, faisant quelques pas.*

Mais vous ne vous occupez pas de moi!...

OUF, *ahuri, à Hérisson.*

Au contraire, je ne fais que ça, (*A Lazuli.*) Pas d'éclat public! (*A Hérisson.*) vous voyez, je vous écoute. (*A Lazuli.*) Accorde-moi cinq minutes, rien que cinq minutes...

LAZULI.

Cinq minutes, sont...

HÉRISSON.

Mais vous ne vous occupez pas de moi!...

OUF.

Puisque je vous dis que je ne fais que ça!... (*Il va prendre une chaise et s'assied au milieu du théâtre. Hérisson en fait autant.*)

LAZULI, *s'asseyant aussi à part.*

Qu'est-ce qu'il va dire?

OUF, *à Hérisson très-gracieusement.*

Continuez donc...

HÉRISSON.

Je ne disais rien.

OUF.

Continuez tout de même.

HÉRISSON.

Soit! (*Se levant.*) Seulement avant d'entamer les négociations, je demande à placer quelques mots préliminaires... (*Il se rassied.*)

OUF, *se levant.*

Placez... (*Il se rassied.*)

HÉRISSON, *se levant, brandissant sa chaise qu'il repose avec bruit.*

J'arrive ici avec des idées conciliantes...

OUF.

Ça se voit... (*A part.*) Et dire que c'est cet homme-là qu'il veut provoquer !...

HÉRISSON.

Mais je vous préviens d'une chose, j'ai mon ultimatum dans ma poche...

OUF.

Ah! (*A part.*) Il est cassant... il doit être très-fort à l'épée...

HÉRISSON, *se rasseyant et très-aimable.*

Maintenant que vous voilà prévenu, nous pouvons causer...

OUF, *encore plus aimable.*

C'est, ça, causons...

HÉRISSON.

Causons... (*Il se frappe nerveusement le genou avec sa main fermée.*)

OUF, *l'examinant à part.*

Il a l'air d'avoir du poignet. (*Haut.*) Est-ce que vous tirez bien ?

HÉRISSON.

Vous dites?

OUF.

Je dis : Est-ce que vous tirez bien?... Êtes-vous fine lame!

HÉRISSON.

Pourquoi me demandez-vous ça?

OUF.

Pour rien...

HÉRISSON.

Pour rien (*A part.*) C'est un grand diplomate... Jouons serré!... (*Haut.*) Arrivons maintenant à la grosse question... Votre mariage avec la princesse...

OUF, *à part.*

Il faut que j'en aie le cœur net! (*Il se dirige vers le fond à gauche et décroche deux sabres de bois fixés à la muraille. Revenant à Hérisson et lui en offrant un.*) Prenez...

HÉRISSON, *très-étonné.*

Quoi?.

OUF, *lui mettant le sabre dans la main.*

Prenez donc!...

HÉRISSON.

Mais...

OUF, *faisant un appel.*

En garde!... (*Lazuli et Siroco se sont levés.*)

HÉRISSON, *se mettant en garde, à part*

Quelle drôle d'audience!...

OUF, *engageant.*

Une! deux!...

HÉRISSON, *abaissant son sabre.*

Pardon... la princesse... (*Ouf lui donne un coup sur la tête, Hérisson reste un moment étourdi.*)

OUF, *bas à Lazuli.*

Il est mou... (*Reprenant.*) En garde! Une! deux!... (*Même jeu que plus haut.*)

HÉRISSON, *continuant son idée et abaissant de nouveau son sabre.*

Et surtout les traités de commerce...

OUF, *lui donnant un nouveau coup de sabre, à part.*

Il manque de riposte...

LAZULI.

Je tire mieux que ça!...

HÉRISSON, *rayeant.*

Ah! mais! ah! mais!... il m'agace! (*S'arrêtant tout à coup.*) Attendez!...

OUF.

Qu'est-ce que vous faites?

HÉRISSON, *ôtant son habit qu'il accroche à droite.*

Je me mets à mon aise...

OUF.

Comment il se met en bras de chemise... un ambassadeur!... (*Par réflexion.*) Au fait, c'est une idée. (*Il ôte son habit et va l'accrocher au fond. En redescendant, il trouve Hérisson en garde. — A part.*) La garde basse, c'est un Italien...

HÉRISSON, *le frappant pendant cet aparté.*

Y êtes vous?

OUF, *se troublant.*

Attendez...

HÉRISSON, *continuant à le frapper.*

Hagne donc!...

OUF, *reculant.*

Attendez!....

HÉRISSON, *de plus en plus fort.*

Hagne donc!

OUF, *affolé.*

.. Attendez donc!....

HÉRISSON.

Et hagne donc!... (*Ouf va tomber sur un coussin.*) Ça y est! (*Il va remettre son habit.*)

OUF, *suffoqué.*

Boutonné!... Il m'a boutonné!... (*Bas à Lazuli.*) tu ne te battras pas avec lui!

LAZULI.

Mais...

OUF.

Il est très-fort... Il m'a boutonné! Tu ne te battras pas...

HÉRISSON, *à Ouf.*

Ah! çà, dites donc, quand vous aurez fini de parler dans les coins...

OUF.

Dans les coins!...

LAZULI, *furieux.*

Dans les coins!...

HÉRISSON, *avec force.*

Oui dans les coins!... (*Il s'apprête de nouveau à ôter son habit.*)

OUF, *effrayé, contenant Lazuli.*

Oui, oui!... dans les coins...

HÉRISSON.

Ma parole d'honneur, j'en ai assez, j'en ai trop... J'ai été dans bien des cours; on m'a souvent mal reçu, jamais on ne m'a forcé à y faire de l'escrime... Jamais!... je romps les négociations... (*Cherchant dans sa poche.*) Où est mon ultimatum?

OUF.

Son ultimatum! Arrêtez!... je vous fais des excuses.

HÉRISSON.

Alors vous mettez les pouces?

OUF.

Je regrette de n'en avoir que deux... Si j'en avais trois, je les mettrais tous les trois...

HÉRISSON.

A la bonne heure!... (*Redevenant humble.*) Sire, je cours chercher la princesse. Dans dix minutes, présentation officielle et homologation de mes lettres de crédit...

OUF.

Je vous attends...

HÉRISSON.

J'y compte... (*En s'en allant.*) Quelle drôle d'audience!...

SCÈNE VII

LES MÊMES, *moins* HÉRISSON.

OUF, *à Lazuli.*

Et voilà l'homme que tu veux provoquer!

SIROCO.

C'est de la démence!

LAZULI.

Et puis après?

OUF.

Malheureux enfant, y penses-tu?... Quand il vient de
me boutonner devant toi... Il m'a boutonné à fond!...

LAZULI.

Ça m'est égal... et je vais...

OUF, *le retenant.*

Non!... non!... écoute! Écoute-moi... Ne t'occupe
plus de cet homme!... C'est sa femme qu'il te faut,
n'est-ce pas?

LAZULI.

Oui!,..

OUF.

Eh bien! tu l'auras!...

LAZULI.

Comment...

OUF.

Je vais le faire mettre à l'ombre... Comme cela, il ne
te gênera plus...

LAZULI.

Ah! parfait!

SIROCO.

Fameux!... (*Frappé d'une idée.*) Ah! mais non!... Vous
ne pouvez pas!... Un ambassadeur... Une fois la présentation faite, sa personne est sacrée...

OUF.

Sapristi! c'est vrai !... Mais alors... supprimons la présentation...

SIROCO.

C'est une idée de génie !...

OUF.

Vite l'ordre de ne laisser pénétrer personne !...

HÉRISSON, *du dehors.*

Annoncez l'ambassadeur !·

SIROCO.

Ah ! sapristi !...

OUF.

Eclipsons-nous bien vite, nous n'avons que le temps!...
(*Ils sortent vivement par la gauche, premier plan.*)

SCÈNE VIII

HÉRISSON, TAPIOCA, LAOULA, ALOES, *puis* SIROCO
ET DEUX GARDES.

(*Hérisson, Tapioca, Laoula et Aloès entrent cérémonieusement
et vont s'incliner devant le trône.*)

HÉRISSON, *après un moment.*

Vous ne vous occupez pas de moi !...

LAOULA, *qui a relevé la tête, éclatant de rire.*

Mais il n'y a personne !...

HÉRISSON.

Tiens, c'est vrai.

ALOÈS.

Si c'est ça que vous appelez une présentation officielle !...

HÉRISSON.

Taisez-vous, madame... nous sommes en avance, voilà
tout... (*Voyant s'ouvrir la porte de gauche.*) Tenez... on

vient... Tenez-vous droite... Et inclinez-vous... (*Entre Siroco avec deux gardes.*)

SIROCO, *allant à lui.*

C'est vous qui êtes le prince Hérisson de Porc-Épic?...

HÉRISSON, *saluant.*

Moi-même... (*Se campant.*) Chargé par le roi mon maître d'une mission de confiance et porteur d'un ultimatum terrible pour le cas où elle ne réussirait pas, je viens...

SIROCO, *très-gracieux.*

Au nom du roi, je vous arrête...

HÉRISSON, *surpris.*

Moi!... mais il y a erreur... C'est moi qui suis l'ambassadeur... Je viens pour les traités de commerce et le mariage de la princesse...

LAOULA.

Mon mariage !

HÉRISSON.

Oui, avec le roi Ouf!

LAOULA.

Avec le roi !... On veut me marier avec le roi !...

HÉRISSON.

Comment! Je ne vous l'ai pas dit !... C'est vous qui êtes l'appoint des traités de commerce...

LAOULA, *désolée.*

L'appoint... Par exemple !... Mais je ne veux pas être l'appoint !...

HÉRISSON.

Il le faut, princesse...

LAOULA, *chancelant.*

O mon Dieu !...

ALOÈS, *la retenant dans ses bras.*

Mais elle va se trouver mal... Tapioca !... (*Ils la font*

asseoir. Pendant ce temps, Hérisson s'est remis à discuter avec Siroco.)

HÉRISSON.

Puisque je vous dis qu'il y a erreur...

SIROCO.

Pas d'observations!... (*Aux gardes.*) Emmenez monsieur et qu'on le boucle!...

HÉRISSON, *se débattant.*

Me boucler! moi! J'ai été dans bien des cours... On m'a souvent mal reçu, mais jamais on ne m'a fait boucler! Jamais!... (*On l'entraîne à droite. Siroco le suit.*)

SCÈNE IX

TAPIOCA, LAOULA, ALOES, *puis* LAZULI.

TAPIOCA.

Pauvre patron... on va le boucler...

ALOÈS.

Il s'agit bien de lui! (*Lui montrant Laoula, toujours évanouie.*) La princesse n'est pas revenue à elle... Aidez-moi à lui porter secours.

TAPIOCA.

C'est que je ne sais pas beaucoup... (*Apercevant Lazuli qui vient de gauche.*) Ah! le petit colporteur!...

ALOÈS.

Il arrive à propos... (*L'appelant.*) Monsieur Lazuli...

LAOULA, *ouvrant un œil, à part.*

Lazuli...

LAZULI, *accourant.*

Vous ici!... (*Apercevant Laoula.*) Laoula!... Mais elle est évanouie... Oh! laissez-moi faire...

ALOÈS.

Vous êtes médecin?

LAZULI.

Un peu... pour ces maladies-là...

QUATUOR.

I

LAZULI.

Quand on veut ranimer sa belle,
Il est dit-on, un bon moyen ;
Il faut s'approcher tout près d'elle,
Et l'embrasser sans avoir l'air de rien.

ALOÈS.

Ah ! le gentil moyen !

TAPIOCA ET ALOÈS.

Si c'était nous, Dieu ! Comme il ferait bien !

LAOULA, *à part.*

Ah ! le gentil moyen !
Ça me ferait beaucoup de bien.

LAZULI, *s'approchant de Laoula et lui prenant la main.*

Laoula, ma chérie...

LAOULA, *à part.*

Il y vient, le voilà.

LAZULI *l'embrassant.*

Laoula !

ALOÈS *à Tapioca, tendrement et comme si elle allait défaillir.*

Tapioca !...

(Tapioca la fait asseoir à gauche sur des coussins.)

LAZULI.

Laoula, mon amie...
Ça va-t-il mieux ?

(Il l'embrasse.)

LAOULA *faiblement.*

Ah ! ah !

TAPIOCA *même jeu avec Aloès.*

Ça va-t-il mieux ?

ALOÈS *même jeu.*

Ah ! ah !

ENSEMBLE.

Cela va mieux, grâce à ce baiser là !...

II

LAZULI, *à Tapioca.*

Mais je crains que le doux remède.
N'ait réussi qu'à moitié bien,
Le baiser était un peu tiède,
Recommençons sans avoir l'air de rien.

ALOÈS.

Ah! le gentil vaurien!

TAPIOCA.

Recommençons, cela ne coûte rien...

LAOULA, *à part.*

Ah! le gentil moyen!
Cela m'a déjà fait du bien.

LAZULI, *même jeu que plus haut.*

Laoula, ma chérie....

LAOULA, *à part.*

Il y vient, le voilà.

LAZULI, *l'embrassant.*

Laoula!

ALOÈS, *à Tapioca.*

Tapioca.

LAZULI.

Laoula mon amie,
Ça va-t-il mieux?

(*Baiser.*)

LAOULA.

Ah! Ah!

TAPIOCA, *même jeu.*

Ça va-t-il mieux?

ALOÈS *même jeu.*

Ah! ah!

ENSEMBLE.

Cela va mieux grâce à ce baiser-là!

LAOULA.

Ah! Lazuli, si vous saviez ce qui m'arrive!...

LAZULI.

Quoi donc?

LAOULA.

On veut me marier!

LAZULI.

Comment! Puisque vous l'êtes...

LAOULA.

Mais non, je ne le suis pas...

LAZULI.

Vous n'êtes pas la femme de l'ambassadeur?

ALOÈS.

Non, c'est moi.

TAPIOCA.

C'est elle.

LAZULI, *montrant Laoula.*

Eh bien, et elle?...

ALOÈS.

Elle, elle est princesse...

LAZULI.

Princesse!..

LAOULA.

Hélas! oui!... Et on veut me faire épouser le roi!...

LAZULI.

Le roi!...

LAOULA, *pleurant.*

Il paraît que ce mariage-là est nécessaire... à cause des traités de commerce... C'est moi qui suis l'appoint.

LAZULI.

L'appoint!... Ah ma pauvre Laoula!...

LAOULA, *se jetant dans ses bras.*

Mon pauvre Lazuli!...

ALOÈS, *même jeu avec Tapioca.*

Mon pauvre Tapioca!...

TAPIOCA.

Pauvre patronne!...

SCÈNE X

LES MÊMES, OUF.

OUF, *entrant par la gauche, à part.*

Hérisson est sous clef... Lazuli va être content... Il aura celle qu'il aime... (*Les apercevant.*) Il l'a déjà !... Pauvre Hérisson ! Ça n'a pas traîné.

LAZULI, *l'apercevant.*

Ah ! le roi...

TOUS, *se séparant.*

Le roi !...

OUF, *avec un bon sourire.*

Ne vous dérangez pas... Vous êtes gentils...

TOUS, *surpris.*

Comment !...

OUF, *à Laoula.*

Eh bien ! ça y est... votre mari est sous clef.

LAOULA.

Mon mari !...

LAZULI, *bas et vivement.*

Il croit que c'est la femme d'Hérisson !...

LAOULA.

Mais...

LAZULI, *bas.*

Laissez-le... Ça nous sauve... (*Haut.*) Oui ! oui !

TOUS.

Oui ! oui !...

OUF.

Ils sont gentils !... Pauvre Hérisson !... Tout de même, ça n'a pas traîné... (*Regardant Aloès.*) Mais alors cette divine enfant, c'est ma royale fiancée...

ALOÈS ET TAPIOCA.

Hein !

LAZULI, *vivement*

Oui ! oui !...

TOUS.

Oui! oui!

OUF, *lorgnant Aloès.*

Elle est très-réussie... mademoiselle, vous êtes très-réussie. Je vous aurais peut-être préférée brune, étant blond cendré moi-même... Enfin.., puisqu'il n'y a pas moyen... Mais j'y pense... J'ai à faire à ces jeunes gens une communication à laquelle votre rang, votre ingénuité, ne vous permettent pas d'assister... Je vais vous conduire dans l'appartement qui vous est destiné...

ALOÈS.

Ah !

TAPIOCA, *s'avançant vivement et offrant le bras à Aloès.*

Si Sa Majesté veut permettre, je lui éviterai la peine...

ALOÈS, *prenant le bras.*

Oui.

OUF.

Qu'est-ce que c'est que celui-là ?

TAPIOCA.

Tapioca... Je remplace l'ambassadeur...

ALOÈS.

Mon ami d'enfance...

TAPIOCA.

Presque son frère...

ALOÈS.

Oh ! oui... (*Elle pousse un soupir langoureux que Tapioca répète.*)

OUF.

Oh! alors... Faites, faites...

TAPIOCA.

Votre Majesté peut s'en rapporter à moi...

ALOÈS.

Oh! oui... (*Il sortent.*)

OUF, *les accompagnant.*

Ne vous trompez pas... Chambre 27, corridor B. (*Revenant.*) Il m'inspire toute confiance ce jeune Tapioca.

SCÈNE XI

LAZULI, LAOULA, OUF.

LAZULI, *à part.*

Mon Dieu! qu'est-ce que ça va devenir?... s'il découvrait...

OUF, *les regardant, à part.*

Pauvre Hérisson!... Je ne suis pas fâché de ce qui lui arrive!... (*Il revient à eux. Prenant Laoula par la main.*) Mon enfant, ma chère enfant... J'ai une bonne nouvelle à vous annoncer... Je me suis occupé de vous... Vous allez partir tous les deux...

LAZULI ET LAOULA.

Comment?

OUF, *à Laoula.*

Oui.., Il va vous enlever...

LAOULA.

M'enlever!

LAZULI, *à part.*

Il veut me faire enlever sa fiancée !... Ah! bien!

LAOULA, *avec un rire étouffé.*

Et... c'est vous qui vous êtes occupé ?...

OUF.

Oui... c'est moi... Je n'ai voulu m'en rapporter à personne...

LAOULA, *bas à Lazuli.*

Le pauvre homme!

4

LAZULI, *de même.*

Il me fait de la peine...

OUF.

Tenez! Voici ma bourse... Vous ne manquerez de
rien...

LAOULA.

Ah! que vous êtes bon !

OUF.

Je le saïs...

LAZULI.

Oh! vous l'êtes encore plus que vous ne croyez...

OUF.

Eh bien! Pour ma peine, je ne vous demande qu'une
chose... Un peu de reconnaissance...

LAOULA, *riant.*

Quant à ça vous pouvez en être sûr...

LAZULI.

Oh! oui!...

LAOULA.

COUPLETS.

I

Moi je n'ai pas une âme ingrate,
Je reconnaîtrai sur le champ,
Votre conduite délicate,
Votre procédé si touchant!
Quoique mon amoureux en pense,
Vous aurez votre récompense,
Ma foi tant pis s'il est jaloux,
Je penserai toujours à vous !

II

Grâce à vous seul, nous allons être,
Moi tout à lui, lui tout à moi,
Cela me trouble un peu, peut-être,
Mais j'en ressens un tendre émoi..

Eh bien, dans toute circonstance,
Comptez sur ma reconnaissance,
Car dans les moments les plus doux...
Nous penserons toujours à vous !

OUF, *les serrant sur son cœur.*

Chers enfants, embrassez-moi !...

LAOULA.

Oh ! de grand cœur !...

LAZULI, *à part.*

Décidément il me fait de la peine...

OUF, *allant ouvrir une porte à gauche deuxième plan.*

Maintenant filez par cette petite porte... Vous trouverez
en bas une barque au bord du lac... Puis sur l'autre
rive une chaise de poste et fouette cocher !...

LAZULI ET LAOULA.

Fouette cocher !

TRIO.

OUF.

Maintenant, il faut partir vite !

LAZULI.

Oui, nous partons incontinent.

LAOULA.

Oh ! la délicieuse fuite !

LAZULI.

Comme on s'en va le cœur content !

LAOULA.

Partout dans notre joie extrême,
A chaque instant, dans le chemin.

LAZULI.

Nous irons la main dans la main
En nous disant tout bas : je t'aime

LAOULA.

Je t'aime !

LAZULI.

Je t'aime !

OUF.

Allons filez !
Partez, déguerpissez.

LAOULA ET LAZULI, *se mettant à rire.*

Ah ! ah ! ah !

OUF.

Eh ! bien, qu'est-ce que vous avez !

LAOULA ET LAZULI.

Ah ! ah ! ah !
C'est le mari qui nous fait rire
Le mari quand il saura ça,
Je vois d'ici le pauvre sire,
La bonne tête qu'il aura !

ENSEMBLE.

C'est le mari qui nous fait rire, etc.
(*A ce moment grand bruit au dehors et voix d'Hérisson.*)

HÉRISSON, *au dehors.*

Laissez-moi ! Je vais lui donner une leçon !

OUF.

Mon Dieu ! lui !

LAOULA.

Hérisson !

OUF.

Il s'est échappé... Filez vite !... (*Il les fait sortir.*)

HÉRISSON, *encore au dehors.*

Je vais lui donner une leçon !... (*Il arrive, bousculant
Siroco qui essayait de lui barrer le passage.*)

SCÈNE XII

OUF, HÉRISSON, SIROCO.

OUF.

Mon Dieu !... Comme il est rouge !...

HÉRISSON, *arrivant.*

Ah ! vous voici... Je vais faire un malheur !...

OUF.

Prince! calmez vous... Je sais... un malentendu, un déplorable malentendu...

HÉRISSON.

Mais...

OUF.

Voyons! Calmez vous...

HÉRISSON.

Mais cette présentation qui n'a pas eu lieu.

OUF.

Elle va avoir lieu à l'instant même. Je vais recevoir ma fiancée... je l'aurais préférée brune, étant blond cendré moi-même... Enfin, en la faisant teindre...

HÉRISSON.

Je vais la chercher à l'hôtel...

OUF.

Inutile, elle est ici... dans son appartement...

HÉRISSON.

Ah!

OUF.

Oui... Je l'ai confiée à votre remplaçant... Tenez... prenez par là, chambre 27, corridor B.

HÉRISSON, *sortant.*

Je cours...

OUF.

C'est ça, courez. (*A Siroco.*) Qu'on fasse entrer tout le monde!...

SCÈNE XIII

OUF, SIROCO, LA COUR, *puis* HÉRISSON, *puis* ALOÈS
et TAPIOCA.

(*Musique. Entrée générale.*)

CHŒUR.

Nous allons donc voir la belle princesse,
Et le grand ambassadeur.
Que des torrents d'allégresse
S'échappent de notre cœur !

(*La musique cessé. Rien ne paraît. Mouvement de surprise.*)

OUF.

Comment, personne !... Eh bien ! Et la princesse ?...

HÉRISSON, *entrant les vêtements en désordre, les cheveux hérissés. Il est pâle et ne peut pas trouver ses mots.*

Ah ! la princesse ! la princesse !...

OUF, *à part.*

Mon Dieu ! Comme il est pâle à présent !... (*Haut.*) Eh
bien ! la princesse ?

HÉRISSON.

Elle est enlevée !

OUF.

Enlevée ! Ce n'est pas possible... Je vous ai dit : chambre 27...

HÉRISSON.

Je n'y ai trouvé que ma femme... que Tapioca était en
train d'embrasser... Voyez !... (*Entrent Aloès et Tapioca
les yeux baissés. — Hérisson avec menace.*) Nous nous expli-
querons, madame !...

ALOÈS.

Mon ami, ce n'est pas pour ce que tu crois...

OUF.

Ah! çà! qu'est-ce que vous dites!... la voilà, la princesse!

HÉRISSON.

Elle... la princesse!... c'est ma femme!

OUF.

Votre femme?

HÉRISSON.

Mais oûi, la princesse, c'est l'autre...

OUF, *avec éclat.*

L'autre! Vous en êtes sûr?... Je l'ai fait enlever...

HÉRISSON.

Comment, c'est vous... Pourquoi?

OUF.

Je croyais que c'était votre femme.

HÉRISSON, *vexé.*

En voilà une raison!...

OUF.

Mais aussi pourquoi m'avait-on dit que madame était la princesse et que la princesse était votre femme?...

HÉRISSON.

Ah!... ça... c'est moi... c'est moi qui ai fait courir ce bruit-là... C'est de la diplomatie...

OUF.

Êtes-vous bête!...

HÉRISSON.

Hein!

OUF.

Est-il bête!... Il est cause qu'en ce moment je joue le rôle d'un imbécile... d'un jobard... oui d'un jobard... Quand j'y pense... j'ai chanté avec eux... « C'est le mari qui me fait rire! » Et, en ce moment, ma royale fiancée court les champs avec un petit jeune homme!...

HÉRISSON.

Comment les champs ! Ils sont en bateau.

OUF.

Parbleu !... c'est moi qui l'ai fourni !...

HÉRISSON.

Mais rassurez-vous, rien n'est perdu....

OUF.

Comment ça?

HÉRISSON.

Je viens de donner ordre à vos gardes de se mettre à la poursuite du ravisseur et de tirer sur lui...

OUF, *poussant un cri.*

Hein !

SIROCO.

Ah !

ALOÈS ET TAPIOCA.

Dieu !

HÉRISSON.

Il va être canardé...

OUF.

Canardé !... malheureux !... mais vous ne savez donc pas que mon existence !... Ah !... (*Il s'arrête pris de faiblesse.*)

SIROCO, *de même.*

Ah !

HÉRISSON.

Ils sont fous...

OUF.

Courons !... Pourvu que nous arrivions à temps !... (*A ce moment un coup de feu se fait entendre.*)

TOUS.

Ciel !

FINAL.

CHŒUR.

Un coup de feu !
Oui, c'est indubitable,
Un coup de feu !
Imprévu, formidable,
A retenti, mon Dieu ! mon Dieu !
Un coup de feu !

OUF.

J'en demeure stupide !

SIROCO.

Mon œil en est humide !

OUF.

Est-il occis ?

SIROCO.

Est-il occis ?
Ou n'est-il pas occis ?

HÉRISSON.

Ma foi, tant pis
S'il est occis !

TOUS.

Est-il occis ?
Ou n'est-il pas occis ?

REPRISE DU CHŒUR.

Un coup de feu ! etc.

LE CHŒUR.

(Parlé.)
Ah ! voici venir la princesse...

OUF, inquiet.

Siroco... Elle est seule !...

SIROCO.

Elle est triste !

OUF.

Je tremble !

SCÈNE XIV

LES MÊMES, LAOULA.

(Entre Laoula soutenue par les demoiselles d'honneur.)

ALOÈS, *allant à elle.*

Ah! parlez-nous, princesse!
Mettez-nous au courant
De ce drame émouvant,
Qui tous nous intéresse!

LAOULA.

COUPLETS.

I

Tous deux assis dans le bateau,
Nous nous regardions en silence
Et nous voguions, poussés par l'eau,
Vers le pays de l'Espérance :
Nous avancions tout doucement,
La nature semblait joyeuse
Et le soleil brillait gaîment...
Ah! mon Dieu! que j'étais heureuse!...

Et puis crac! Et puis crac!
Tout changea dans une minute,
Mon amoureux fit la culbute
Et disparut au fond du lac!

TOUS.

Et puis crac! Et puis crac!
Tout changea dans une minute, etc.

LAOULA.

II

Dans mon cœur j'ai fait un serment,
Que devant vous je renouvelle,
Il n'aura pas de remplacant...
Je lui serai toujours fidèle!

Et si l'on tient à me forcer
A me mettre un jour en ménage,
Je laisserai sans protester
Venir l'instant du mariage...

Et puis crac! Et puis crac!
Je disparais à la minute!
C'est vite fait une culbute;
Je le rejoins au fond du lac.

TOUS.

Et puis crac! Et puis crac!
Ell' disparaît à la minute, etc.

OUF ET SIROCO, *avec un désespoir immense.*

Et puis crac! Et puis crac!

LE CHŒUR, *avec indifférence.*

Ma foi! Ça nous est bien égal!
Mais néanmoins, à la princesse
Faisons un compliment banal;
Ainsi le veut la politesse...

(S'avançant vers la princesse et sur un ton lugubre.)

C'est un malheur!
Nous le disons du fond du cœur :
Princesse, c'est un malheur!
Un épouvantable malheur!
..... Pouvantable!
..... Pouvantable!
..... Pouvantable!

OUF, *avec explosion.*

Ciel! je n'ai plus qu'un jour, à vivre!

SIROCO, *même jeu.*

Un quart d'heure de plus et je devrai vous suivre!

LE CHŒUR, *même jeu que plus haut.*

Ma foi! ça nous est bien égal!
Mais néanmoins, à Son Altesse,
Faisons un compliment banal;
Ainsi le veut la politesse...

(S'approchant du roi et tristement.)

C'est un malheur !
Nous le disons du fond du cœur :
Altesse, c'est un malheur !
Un épouvantable malheur !
..... Pouvantable !
..... Pouvantable !
..... Pouvantable !

(Puis, très-gaiment.)

Est-ce un malheur ?
Un grand malheur ?
Un si regrettable malheur ?
Un petit pleur,
Un petit pleur,
C'est tout ce qu'il faut pour ce colporteur !
Il est mort !
Ma foi, pour lui c'est grand dommage !
Il est mort !
Puisqu'il est mort n'en parlons plus !
Sur son sort
Pourquoi donc geindre davantage ?
Nos regrets seraient superflus !...
Il est mort !
Puisqu'il est mort n'en parlons plus !...

*(Le chœur finit sur un motif de galop joyeux, pendant qu'Aloès,
Hérisson et Tapioca soutiennent Laoula et que Ouf et Siroco dé-
faillants tombent dans les bras l'un de l'autre.)*

(Rideau.)

ACTE TROISIÈME

Un salon d'été. — Au fond, trois larges baies ouvrant de plain-pied sur les bord d'un lac. — Entre celle de gauche et celle du milieu, une grande horloge. — Portes en pan coupé et sur les côtés.

SCÈNE PREMIÈRE

OUF, SIROCO.

(*Ouf et Siroco, très-absorbés, sont assis chacun sur une chaise. — Grand silence. — On n'entend que le tic-tac régulier de l'horloge.*)

SIROCO, *après un moment.*

Majesté ?...

OUF.

Siroco ?

SIROCO.

Si nous marchions ?

OUF.

Je veux bien, marchons !

SIROCO.

Marchons ! (*Ils marchent. — L'horloge sonne une heure.*

OUF, *avec un soubresaut.*

Une heure !

SIROCO.

Déjà !...

5

OUF.

Et depuis hier on n'a encore rien trouvé !...

SIROCO.

Pourtant on a sondé le lac... On le sonde encore...

OUF.

Mystère insondable ! Je suis dévoré, Siroco, je me mine ! Et ce chef de police qui m'avait promis d'accourir dès qu'il y aurait du nouveau... Il n'accourt pas.

SIROCO.

C'est qu'il n'y a pas de nouveau.

OUF, *tristement.*

Pourquoi est-il chef de police, alors ?... Au moment où ce fatal coup de feu a retenti, il était cinq heures... Comme d'après tes calculs astronomiques, je dois suivre Lazuli à vingt-quatre heures d'intervalle, mon départ, à moi, s'effectuerait donc à cinq heures.

SIROCO.

Et le mien à cinq heures un quart !

OUF.

A ce compte-là, je n'aurais plus que quatre heures à passer sur ce globe...

SIROCO.

Et moi, quatre heures quinze.

OUF.

C'est court, excessivement court... Cette horloge doit avancer... Mettons-là sur le retard... (*Il retarde l'horloge.*)

SIROCO, *même jeu.*

Encore un peu !

OUF, *avec soulagement.*

Cela nous donne un peu de marge... (*Se remettant à marcher.*) Oh ! non, non ! je ne puis pas croire...

SIROCO, *qui est allé au fond.*

Ah ! le voici !...

OUF, *vivement.*

Qui?...

SIROCO.

Le chef de la police.

OUF.

C'est qu'il y a du nouveau.

SCÈNE II

LES MÊMES, LE CHEF DE LA POLICE.

LE CHEF DE LA POLICE, *tout essoufflé, mais très-gai.*

Majesté, je vous apporte des nouvelles...

OUF.

Enfin !... Et... Êtes-vous content ?

LE CHEF DE LA POLICE.

Majesté ! Je ne vous dissimulerai pas que je suis très-content.

OUF, *joyeux.*

Ah ! (*Très-aimable.*) Asseyez-vous donc...

LE CHEF DE LA POLICE.

Volontiers. (*Il s'assied.*) Figurez-vous... Je peux vous dire ça, maintenant que c'est passé... Figurez-vous qu'il y a eu un moment où j'ai eu une fière peur.

OUF.

Vraiment !

LE CHEF DE LA POLICE.

Oui... J'ai cru que nous ne réussirions pas...

OUF.

Je vous avouerai que de mon côté je n'étais pas sans inquiétude...

SIROCO.

Et moi donc !

LE CHEF DE LA POLICE.

Il y avait de quoi !... Nous avions bien quelques indices qui nous permettaient d'asseoir des présomptions vagues, mais la certitude... La certitude nous échappait.

OUF.

Voilà... la certitude...

LE CHEF DE POLICE.

Et un chef de police sans certitude, voyez-vous, ce n'est plus un chef de police.

OUF.

C'est un sous-chef, tout au plus... Tandis que maintenant !

LE CHEF DE LA POLICE, *se levant.*

Oh ! maintenant, Votre Majesté sera satisfaite.

OUF.

Ah !

LE CHEF DE LA POLICE.

Je sais absolument, à l'heure qu'il est, à quoi m'en tenir sur le nommé Lazuli.

OUF.

Ah !...

LE CHEF DE LA POLICE.

Oui... Le doute n'est plus permis... Il est bel et bien mort...

SIROCO, *bondissant.*

Hein ?

OUF.

Vous dites ?

LE CHEF DE LA POLICE.

Voici, du reste, qui achèvera de vous convaincre... (*Il fait un signe. On lui apporte un petit paquet.*) Le chapeau et le manteau du jeune homme qui viennent d'être retrouvés au milieu du lac.

OUF, *avec désespoir.*

Infortuné que je suis !

SIROCO.

Mon Dieu ! mon Dieu !

LE CHEF DE LA POLICE.

J'espère que Votre Majesté est tout à fait contente, à présent.

OUF, *éclatant.*

Imbécile !

SIROCO.

Animal !

LE CHEF DE LA POLICE.

Comment !

OUF.

Sortez !

SIROCO.

Allez vous-en !

LE CHEF DE LA POLICE.

Mais...

OUF.

Voulez-vous vous en aller !

LE CHEF DE LA POLICE.

Enfin, quoi ? Je vous apporte la certitude. Tout est là... (*Mouvement de colère d'Ouf.*) Je m'en vais, je m'en vais !... (*A part, en sortant.*) Qu'est-ce qu'il leur faut, alors ? (*Ouf et Siroco restent abattus au fond de la scène.*)

OUF, *après un silence.*

Siroco !

SIROCO.

Majesté !

OUF.

Comment te sens-tu ?

SIROCO.

Pas bien... Pas bien du tout.

OUF.

Moi, je n'ai plus de jambes, je prendrais bien quelque chose de fort, pour me remettre.

SIROCO, *enchanté de l'idée.*

Oui... un cordial.

OUF.

Un bon cordial... viens...

SIROCO.

C'est que je ne me tiens plus.

OUF.

En nous appuyant l'un sur l'autre,., tout doucement... là... Soutiens-moi, je te soutiendrai. (*Il marchent péniblement.*) Cette fois le doute n'est plus permis.

SIROCO.

C'est une certitude... (*Ils sortent. Les roseaux du lac s'écartent et on voit apparaître la tête de Lazuli.*)

SCÈNE III

LAZULI, *seul, regardant avec précaution autour de lui.*

Personne!... Je puis me risquer. Ce n'est pas dommage! (*Il sort complétement et descend en scène.*)

COUPLETS.

I

Enfin, je me sens mieux!
Je puis revoir les cieux
Loin de ce marécage!
Au milieu des roseaux,
Nageant entre deux eaux,
Ah! quel vilain voyage!
Me voilà tout trempé,
A peine ranimé
Et — qui plus est — fort enrhumé!...

Atch!... atch!... atch!...
Atchi! La triste chose

Qu'un rhume de cerveau !
Atchi ! Tout n'est pas rose
Au fond de l'eau !

II

Ce fut dans tout le lac
Un terrible mic-mac
Quand on me vit descendre.
Grenouilles et poissons,
Peu faits à ces façons,
N'y pouvaient rien comprendre.
De leur étonnement
J'ai pu rire un moment,
Mais, à la longue, c'est gênant !

Atch !... atch !... atch !...
Atchi ! La triste chose, etc.

Oui, mais, en attendant, il faut être très-prudent... Au moment où j'ai vu qu'on allait faire feu sur moi, je me suis laissé tomber à l'eau et j'ai plongé, ce qui fait qu'on m'a cru mort et que j'ai été tranquille un instant... Mais bientôt, on s'est mis à me chercher dans le lac et j'ai dû passer un nombre d'heures assez désagréable caché dans les roseaux... Evidemment, le roi est furieux de mon escapade et serait enchanté de me la faire payer... Il s'agit donc de ne pas lui donner cette satisfaction et de... du bruit !... Rentrons bien vite dans ma résidence aquatique... (*Il se recache.*)

SCÈNE IV

OUF, SIROCO.

OUF, *revenant lentement un petit coffret sous le bras.*
Je viens de prendre un petit verre de chartreuse jaune... mais je ne me sens pas encore bien fort... (*S'arrêtant devant l'horloge.*) Comment ! deux heures ! Ah ! çà qu'est-ce qu'elle a donc à avancer comme ça, cette hor-

loge?... Il ne doit pas être plus d'une heure et demie...
Et encore!... (*Il la retarde.*) La!... (*Regardant le balancier.*) Et ce balancier!... Je ne peux plus le voir!... (*Il
ferme violemment la porte de l'horloge et va s'asseoir à droite
avec son coffret auprès d'un petite table.*)

> SIROCO, *entrant à son tour.*

Ah! ça va un peu mieux!... (*S'arrêtant devant l'horloge.*) Une heure et demie!... Jamais de la vie! En voilà
une patraque!... (*La retardant.*) Une heure un quart,
tout au plus!... (*Il redescend lentement en trainant les pieds
avec bruit.*)

> OUF, *absorbé.*

Encore ce balancier!... (*Se retournant.*) Tiens c'est
Siroco!...

> SIROCO, *après un moment.*

Majesté!...

> OUF.

Siroco?

> SIROCO.

Il vient de me venir une idée...

> OUF.

Laquelle?

> SIROCO, *très-insinuant.*

Vous, vos instants sont comptés, vous ne pouvez rien
y faire... mais moi...

> OUF.

Toi?

> SIROCO.

Si vous vouliez bien... Vous n'auriez qu'à biffer la
petite clause de votre testament...

> OUF, *se levant.*

Biffer la clause!...

> SIROCO, *à genoux.*

Soyez bon, Majesté!... ça vous portera bonheur...

OUF.

De la désertion, alors ! Tu m'abandonnes ?

SIROCO, *toujours à genoux.*

Mais, Majesté, qu'est-ce que ça peut vous faire ?...

OUF.

Ce que ça peut me faire ? Crois-tu donc que ça ne soit pas consolant pour moi d'avoir un compagnon de voyage ?... au moins je me dis : je ne serai pas seul...

SIROCO.

Mais....

OUF.

Un mot de plus, et je t'avance d'un quart d'heure.

SIROCO.

Non, non... je me tais...

OUF.

A la bonne heure... Allons ! maintenant, aide-moi... Je veux mettre un peu d'ordre dans mes affaires... Ce coffret renferme toutes mes factures !... nous allons les lire ensemble.

SIROCO.

Lire toutes vos factures !...

OUF.

Nous déchirerons celles qui ne sont pas acquittées... Ça simplifiera... Allons !... (*Ils commencent à lire.*)

SCÈNE V

Les Mêmes, LAZULI, HÉRISSON, et TAPIOCA.

LAZULI, *se montrant de nouveau.*

Je n'entends plus rien... (*Apercevant Ouf et Siroco*) Ah ! le roi ! (*Regardant dans la coulisse.*) Et l'ambassadeur qui arrive de ce côté... recachons-nous !... seulement, sachons ce qu'ils vont se dire... (*Il disparait.*)

5.

HÉRISSON, *entrant de gauche, suivi de Tapioca.*

Allons!... suivez-moi... et tâchez de vous tenir!

TAPIOCA.

Mais, patron.

HÉRISSON, *sévèrement.*

Je vous défends de m'appeler patron... appelez-moi monsieur!... Un être que j'ai trouvé hier en train d'embrasser ma femme.

TAPIOCA.

Elle s'ennuyait.

HÉRISSON.

Ce n'est pas une excuse!

TAPIOCA, *suppliant.*

Mais, patron!...

HÉRISSON.

Je vous ai dit de m'appeler monsieur!...

TAPIOCA.

Oui, patron...

HÉRISSON, *apercevant Ouf.*

Le roi... à nous deux (*Il fait quelques pas.*)

SIROCO, *bas.*

Ah! Majesté!... l'ambassadeur...

OUF, *qui n'a cessé de déchirer ses factures.*

Il tombe bien!... s'il croit que je me dérangerai pour lui dans un moment pareil... (*Haut.*) Tu lui diras que je n'y suis pas.

HÉRISSON, *surpris.*

Hein?

SIROCO, *se levant.*

Vous avez entendu... Sa Majesté est absente pour le moment. Elle regrettera beaucoup...

HÉRISSON.

Comment, elle regrettera!.. Quelle est cette plaisanterie?... (*S'avançant, à Ouf qui ne l'écoute pas.*) Sire!... les

affaires que j'ai à traiter languissent... vous les enterrez...
je reçois de mon gouvernement des lettres à cheval...

TAPIOCA, *entre ses dents.*

Ce n'est pas vrai...

HÉRISSON, *se montant, à Ouf.*

Je vous demande pardon!.. On me recommande d'être
ferme.

TAPIOCA, *même jeu.*

Ce n'est pas vrai...

HÉRISSON, *furieux.*

Je vous demande pardon!... Voilà deux démentis de
suite que vous me donnez! Vous n'êtes pas poli!...

OUF, *se relevant et le regardant dans les yeux.*

Pas poli!... Ah çà! vous m'ennuyez... Je ne vous parle
pas! Vous n'êtes qu'un imbécile...

LAZULI, *qui s'était avancé pour écouter, à part.*

Oh! on se dispute...

HÉRISSON.

Un imbécile! Répétez-le donc!...

OUF.

Je répète et j'appuie... (*Il lui allonge un coup de pied.*)
J'appuie!...

TOUS.

Oh!

LAZULI, *à part.*

Touché!...

HÉRISSON, *pâle de rage.*

J'ai été dans bien des cours... on m'a souvent mal
reçu... mais jamais on ne m'a... Vous vous repentirez
d'avoir appuyé... Un pareil oubli des convenances... dans
un pareil endroit... (*Avec une dignité froide.*) Je vous re-
pincerai!... mais, en attendant, c'est la guerre.

OUF.

La guerre!... Je m'en moque pas mal de la guerre!...

HÉRISSON.

Hein ?

OUF.

Pour le temps qu'il me reste à vivre !...

HÉRISSON ET TAPIOCA.

Comment ?

OUF.

Quatre heures au plus...

HÉRISSON.

Quatre heures !

LAZULI, *à part.*

Qu'est-ce qu'il dit ?

OUF.

Et par votre faute encore... car c'est à vous que je dois ça !...

HÉRISSON.

A moi ?

OUF.

Oui, à vous !... à vous qui avez fait tirer sur ce pauvre Lazuli.

LAZULI, *à part.*

Lui !... Vieux gredin !...

HÉRISSON.

Eh bien ?

OUF.

Eh bien ! nous avions la même étoile... mon existence dépendait de la sienne...

HÉRISSON.

Comment ?

LAZULI, *à part.*

Qu'est-ce que j'apprends-là ?..,

OUF.

Lui parti, je n'ai plus qu'à faire mon paquet; comprenez-vous, maintenant ?

HÉRISSON, *ému.*

Pauvre roi !

SIROCO,

Et ce que Sa Majesté ne vous dit pas, c'est que moi,
par ricochet...

OUF, *le repoussant.*

Oh ! toi, ça n'a pas la moindre importance.

SIROCO, *à part.*

Il trouve ça, lui !...

LAZULI, *à part.*

Je comprends maintenant pourquoi il s'intéressait tant
à moi !...

HÉRISSON, *avec la plus grande douceur.*

Sire, devant ces explications loyales, les choses chan-
gent complétement de face... et je vous prie de recevoir
mes excuses pour le coup de pied que je me suis attiré...

OUF, *lui serrant la main.*

Oublions tout !

HÉRISSON.

Mais alors, votre mariage avec la princesse ?...

OUF.

Vous pensez bien que je n'y songe plus...

LAZULI, *à part.*

Quel bonheur !

OUF.

Vous la reconduirez à son père en lui exprimant mes
regrets de n'avoir pu faire davantage.

HÉRISSON.

Sire, comptez sur moi... mais je me retire... Je m'en
voudrais d'abuser de vos instants... Tout à l'heure, seulement, je viendrai présenter mes passe-ports à votre si-
gnature, la dernière que vous donnerez sans doute...

OUF, *ennuyé.*

C'est bon, c'est bon...

HÉRISSON.

Je la garderai comme souvenir... Au revoir, malheureux Ouf! au revoir...

TAPIOCA.

Adieu, bon Ouf! (*Ils sortent sur la pointe du pied.*)

OUF, *après un temps.*

Ah! cette scène m'a brisé...

SIROCO, *timidement.*

Si nous allions prendre un nouveau cordial?

OUF, *presque gai.*

C'est ça... un petit verre de chartreuse... De la verte,
cette fois... (*Ils remontent, puis arrivés au fond, ils s'arrêtent et se retournent.*)

DUETTO.

I

OUF.

Je me sens, hélas, tout chose!...

SIROCO.

Je suis faible à faire peur!

OUF.

Cette liqueur, je suppose,

SIROCO.

Nous redonnera du cœur...

ENSEMBLE.

Pour vous remettre un homme en son assiet-te,
Non, rien ne vaut un petit verr'
De chartreus' ver-
De chartreus' ver-
De chartreus' ver-
Te!

II

OUF.

Qu'on souffre de la poitrine,

SIROCO.

Qu'on souffre du mal de mer,

OUF.

Que l'on ait mauvaise mine,

SIROCO.

Qu'on vienne de s'enrhumerrr...

ENSEMBLE.

Pour vous remettre, etc.

(*Ils sortent.*)

SCÈNE VI

LAZULI *seul.*

Ah ! mais ! ah ! mais ! Je viens d'entendre des choses joliment intéressantes... Maintenant, je suis bien sûr d'avoir ma Laoula !... (*Regardant dans la coulisse.*) Mais, je ne me trompe pas... c'est elle qui vient de ce côté... ma Laoula !... On dirait qu'elle a pleuré. (*Envoyant des baisers.*) Tiens ! tiens ! tiens !... mais ne nous montrons pas tout de suite... (*Il se dissimule à gauche, derrière un rideau.*)

SCÈNE VII

LAZULI *caché*, LAOULA, ALOÈS.

LAOULA, *longeant les bords du lac arrive suivie d'Aloès.* — *Avec un soupir.*

Ah !

ALOÈS.

Voyons, princesse, remettez-vous ?...

LAOULA, *nouveau soupir.*

Ah ! Aloès, je suis inconsolable !...

LAZULI, *à part.*

Quel ange !

ALOÈS.

Je ne voulais pas vous laisser venir près de ce lac.

LAOULA.

Ah ! mais je voulais, moi... (*Fondant en larmes et courant au lac.*) Ah !

ALOÈS.

Voilà ce que je craignais ! (*Allant à elle et la ramenant.* Écoutez, princesse, ça n'a pas le sens commun, d'aimer un jeune homme comme ça !...

COUPLETS ET TRIO.

ALOÈS.

Un amoureux, princesse,
Doit se pleurer — d'accord —
Et beaucoup de tristesse
Sied bien quand il est mort.
Oui, mais, de guerre lasse
A force de pleurer
Il faut se consoler...
Car, le chagrin, ça passe,
    Ça passe,
    Ça passe !...

II

Tenez, j'aimais moi-même
Mon mari tendrement :
Ah ! quelle ardeur extrême,
Dans le commencement !
Un jour, de guerre lasse,
Je le trouvai moins beau
Et cherchai du nouveau...
Car, un mari, ça passe,
    Ça passe,
    Ça passe !...

LAOULA.

Ah ! ce n'est pas gentil,
De me parler ainsi !

LAZULI, *à part.*

Non ce n'est pas gentil,
De lui parler ainsi !

LAOULA, *s'avançant désolée du côté du lac.*

Lazuli,

Mon chéri,

Lazuli, je t'aime !

LAZULI, *à part.*

O joie extrême !

LAOULA, *redescendant.*

Lazuli,

Mon chéri !

LAZULI, *courant se recacher au fond, à mi-voix.*

Petit bonhomme,

Petit bonhomme,

Petit bonhomme n'est pas mort !

Petit bonhomme,

Petit bonhomme,

Petit bonhomme vit encor !

LAOULA.

O ciel ! ô ciel ! est-ce un fantôme !

ALOÈS.

Quoi donc ?

LAOULA.

Il me répond

ALOÈS.

Mais non ! mais non !

LAOULA.

Ne viens-tu pas d'entendre

Sa voix, sa voix si tendre

A l'appel de son nom ?

ALOÈS.

Mais non ! mais non !

LAOULA.

Ah ! j'ai bien cru pourtant l'entendre !

Recommençons !

ALOÈS.

Soit.

LAOULA.

Lazuli,

Mon chéri !

Lazuli,

Je t'aime !

LAZULI, *à part.*

O joie extrême!

LAOULA ET ALOÈS.

Lazuli! Lazuli!

LAZULI, *se montrant.*

Petit bonhomme,
Petit bonhomme,
Petit bonhomme n'est pas mort, etc.

*(Attirées par la voix, Laoula et Aloès remontent à reculons jus-
qu'à ce que Lazuli se trouve au milieu d'elles.)*

LAOULA, *avec un cri de joie.*

Ah! c'est lui!
C'est lui! c'est Lazuli.

(Elle se jette dans ses bras.)

REPRISE ENSEMBLE.

Petit bonhomme,
Etc., etc.

LAOULA.

Ah! mon cher Lazuli!

LAZULI.

Ma petite Laoula!...

LAOULA.

Vivant! il est vivant!

LAZULI.

Oui!... Mais non, au fait... Je ne suis pas vivant...

LAOULA,

Comment?

LAZULI.

Je suis mort!

LAOULA.

Hein?

LAZULI, *avec mystère.*

Chut... Je vous dis que je suis mort... C'est grâce à ça
que je pourrai peut-être vous épouser.

LAOULA, *avec joie.*

Ah!

LAZULI.

Si j'étais vivant je ne le pourrais pas... mais comme je suis mort... vous comprenez...

LAOULA.

Pas du tout.

LAZULI.

Ça ne fait rien.

LAOULA.

Mais le roi?...

LAZULI.

Le roi... Il ne vous épouse plus.

LAOULA.

Comment?

LAZULI.

Dans un instant, vous quitterez la cour pour retourner chez votre père... moi je pars avant vous... Une fois hors des portes de la ville, je vous rejoins, et ce sera bien le diable si l'enlèvement qui a manqué hier ne réussit pas aujourd'hui.

LAOULA.

Vous croyez?

LAZULI.

J'en suis sûr... mais pour cela, il faut que je me dépêche... Allons, à bientôt, mon amour!... Et laissez faire les événements... Je vous réponds de tout.

LAOULA.

Mais...

LAZULI, *lui échappant.*

A bientôt... à bientôt. (*Il sort vivement par la droite.*)

SCÈNE VIII

LAOULA, ALOÈS, *puis,* OUF.

LAOULA.

As-tu compris Aloès?...

ALOÈS.

Non!... mais puisqu'il dit de laisser faire les événements... Ah! voici le roi.

LAOULA.

Le roi! quel ennui! (*Elles se tiennent à l'écart au fond — Ouf ne les voit pas en entrant.*)

OUF, *presque guilleret, fredonnant le motif du duetto.*

Décidément, les cordiaux ont du bon... Je préfère la verte à la jaune... elle a plus de corps. Dis-donc, Siroco! Eh bien où est-il passé?... (*En se retournant il aperçoit Laoula et Aloès.*) Tiens, tiens, tiens... les deux petites femmes...

ALOÈS, *à Laoula.*

Il nous a vues...

OUF, *allant à Laoula et la regardant avec mélancolie.*

La voilà donc, la blonde enfant avec laquelle je devais parcourir joyeux le long chemin de l'existence... tous deux, la main dans la main, nous devions marcher longtemps, jusqu'à la vieillesse la plus reculée... Ah! c'était un beau rêve!... Les rides seraient venues... nous nous serions voûtés ensemble...

LAOULA.

Mais...

OUF.

Il n'y faut plus songer!... Nous ne pouvons plus nous voûter... C'est dommage... (*La regardant.*) Elle est jolie... Les cheveux sont fins... ils sont fins les cheveux... (*Il en caresse une boucle.*)

LAOULA.

Mais... Majesté!...

OUF, *d'un ton découragé.*

Oh! peu m'importe, allez!... peu m'importe!... (*Continuant son examen.*) Tiens, vous avez ici une petite fossette...

LAOULA, *baissant les yeux.*

Oui...

OUF.

Je les aimais beaucoup autrefois les petites fossettes...

LAOULA, *troublée.*

Ah !

ALOÈS.

Et maintenant?

OUF, *avec une tristesse concentrée.*

Maintenant... je n'ai plus le droit de les aimer... je n'ai plus le... (*La regardant d'un œil qui s'anime peu à peu.*) Mais au fait pourquoi pas? Pourquoi donc pas?

LAOULA.

Hein?

ALOÈS.

Qu'est-ce qu'il a?

OUF, *avec une grande exaltation.*

Princesse, je viens d'avoir une idée qui va changer bien des choses!...

LAOULA.

Mon Dieu!...

OUF.

Porc-Épic! Il arrive à pic.

SCÈNE·IX

LES MÊMES, HÉRISSON, TAPIOCA.

HÉRISSON, *son passe-port à la main allant au roi.*

Majesté, je viens...

OUF.

Pour votre départ?... C'est inutile, vous ne partez plus... J'épouse la princesse...

TOUS.

La princesse!

LAOULA.

Moi !...

OUF.

Parfaitement...

HÉRISSON.

Mais c'est impossible... ne m'avez-vous pas dit que vous n'aviez plus que très peu d'instants à faire partie de ce monde ?...

LAOULA.

Comment ?

OUF.

C'est exact...

LAOULA.

Ah !. mon Dieu !

HÉRISSON.

Eh bien alors vous ne pouvez pas vous marier.

OUF.

Pourquoi ça... En me pressant un peu j'ai parfaitement le temps... Ai-je le temps ?... (*Il regarde l'horloge.*) Quatre heures... Il me reste une heure... une heure et demie, même, puisqu'elle avance... Vous voyez bien qu'en me pressant.

LAOULA.

Comment en se pressant !... Oh ! Hérisson ! Vous vous opposerez...

OUF.

Pas d'observations ! la cérémonie nuptiale aura lieu dans un quart d'heure... Allez, qu'on me laisse seul avec ma fiancée. Il faut que je fasse ma cour... (*Allant à la porte de droite.*) Qu'on dise au maire d'être ici dans un quart d'heure avec tout ce qu'il faut pour me marier !...

LAOULA.

Oh ! Hérisson, ne me quittez pas...

HÉRISSON.

Princesse, je suis désolé... mais...

OUF, *revenant.*

Allez!... (*Il renvoie Aloès, Hérisson et Tapioca.*)

LAOULA, *à part.*

Oh! mon Dieu! mon Dieu! Et Lazuli qui m'attend!..

SCÈNE X

OUF, LAOULA.

(*Laoula désespérée jette sur Ouf un regard plein d'appréhension. — Moment de silence.*)

LAOULA, *à part.*

Oh! rester seule avec cet Ouf!...

OUF, *qui a contemplé Laoula, au public.*

Eh bien pourquoi pas?... pourquoi donc pas?... (*Regardant l'horloge.*) Combien me reste-t-il? fichtre, une heure un quart, c'est un peu court... enfin, en abrégeant les formalités... (*Allant à Laoula, avec élan.*) Princesse...

LAOULA, *reculant effrayée et se réfugiant derrière la table.*

Prince!... (*D'un ton suppliant.*) Ça n'est pas sérieux, n'est-ce pas?... Vous n'avez pas l'intention de?...

OUF.

Je l'ai parfaitement, princesse...

LAOULA.

Mais, dans la situation toute spéciale où vous vous trouvez...

OUF.

Quelle situation?... Je suis un peu limité comme temps, voilà tout... C'est précisément pour cela que je dois me hâter de m'offrir toutes les bonnes choses que j'ai sous la main...

LAOULA.

Oh !

OUF.

Courte et bonne, telle doit être désormais ma devise...
Laoula, je vous jure de vous rendre heureuse !

LAOULA.

Heureuse ! quand vous serez obligé de me quitter sitôt.

OUF.

Justement!... Comme ça, nous sommes sûrs de faire
bon ménage...

LAOULA.

Par exemple!...

OUF.

Et puis, il y a un point sur lequel j'attire toute votre
attention : dans un délai plus que restreint, vous serez
veuve...

LAOULA, *gaiement.*

Ah! oui.

OUF.

Vous pourrez en aimer un autre.

LAOULA, *même jeu.*

C'est vrai !

OUF.

Vous voyez, ça vous fait plaisir....

LAOULA.

Oh! je n'ai pas dit ça...

OUF.

Mais si... mais si... pourquoi vous en défendre?...
c'est un sentiment tellement naturel... voyons, soyez
franche... Vous vous remarierez...

LAOULA.

Certainement... Cependant... ça aura tout de même
ses inconvénients, allez !...

COUPLETS.

I

Ainsi que la rose nouvelle,
Lorsqu'on la cueille se flétrit,
Ainsi, moi, je verrai comme elle
Pâlir l'éclat qui m'embellit.
Dans l'eau vous remettez la rose,
Elle reprend pour un instant
Sa fraîcheur du premier moment,
Mais ce n'est plus la même chose !

II

Certainement ce mariage
Ne durera pas fort longtemps,
Pour moi les ennuis du ménage
N'auront que de très-courts instants.
Mais je serai comme la rose :
Mon éclat une fois pâli,
J'aurai beau reprendre un mari,
Ca ne s'ra plus la même chose !...

OUF.

Oh! ça c'est une question de détail, c'est trop subtil.

LAOULA.

Comment subtil ?

OUF.

Du reste, passons !... passons !... Laoula, le temps me presse... Assez de préambule... vous m'aimez...

LAOULA.

Par exemple !

OUF..

Vous m'aimez !... Je te dis que vous m'aimez !... Et vous m'aimerez encore davantage quand j'aurai murmuré à votre oreille une dernière parole. (*L'attirant à lui.*) Laoula, ma fiancée, ma femme, je nourris un rêve, rêve prévu par l'article 14 de la Constitution, ce rêve c'est...

LAOULA.

C'est?...

OUF.

De vous laisser un souvenir, ô ma bien-aimée !

LAOULA.

Quel souvenir?

OUF.

Vous ne devinez pas !... un petit Ouf !... Ouf II.

LAOULA, *poussant un cri.*

Oh !

OUF, *illuminé.*

Mon fils !... mon petit Ouf !... Il me semble le voir déjà...
C'est tout le portrait de son père !... Ah! vous ne pouvez
pas me refuser ce petit Ouf !...

LAOULA, *effrayée, s'échappant.*

Mon Dieu! mon Dieu!... Il me fait peur!...

OUF, *la retenant, et tombant à genoux.*

Princesse !... Rien que cette idée me rend fou !... (*A ce
moment, on entend du bruit au dehors.*) Qui ose nous dé-
ranger?... Ah! c'est la cour qui vient pour la cérémonie.

LAOULA.

Je suis perdue !...

SCÈNE XI

Les Mêmes, HÉRISSON, TAPIOCA, ALOES, tout le
monde, *puis* LE MAIRE, *puis* SIROCO.

*Musique. — Toute la cour entre gaiement et défile devant le
roi et la princesse.*

CHŒUR.

Voici venir monsieur le maire !...

OUF.

Qu'il entre vite !...

TOUS.

Entrez, monsieur le maire,
On a besoin de votre ministère !...

*(Le maire entre et va s'installer à la table près de laquelle on a
disposé deux chaises. La musique cesse.)*

OUF.

(Parlé.) Princesse !... votre main...

LAOULA

Mon Dieu !... *(Ouf la conduit à la chaise qui lui est des-
tinée. Il va s'asseoir aussi, quand accourt Siroco.)*

SIROCO.

Ah ! grand Dieu ! Majesté !... Majesté !...

OUF.

Qu'y a-t-il ?

SIROCO.

Nous y sommes ! C'est le moment... il est cinq heures
moins cinq.

OUF.

Hein ? *(Regardant l'horloge.)* Mais non... quatre heures
moins cinq... Nous avons encore une heure... Tu es fou !...

SIROCO, *lui montrant une montre.*

Voyez plutôt... l'heure de l'Observatoire...

OUF, *se frappant le front.*

Ah ! malheureux ! C'est vrai... J'ai retardé l'horloge
tout le temps.

SIROCO.

Et moi aussi !...

OUF.

Allons ! Il faut se résigner... *(A Laoula.)* Princesse, je
vous rends votre parole...

LAOULA.

Quel bonheur !

OUF, *lui serrant la main.*

Merci !

LAOULA, *confuse.*

Oh ! pardon !... C'est plus fort que moi...

OUF, *à Siroco.*

Et nous, mon vieux, préparons-nous. (*Se tournant vers un domestique.*) Mon manteau !... (*On lui donne son manteau. — Musique. — S'asseyant.*) Et vous tous, regardez comment finit un Ouf !... (*Il s'enveloppe la tête, Siroco l'imite. Tout le monde se cache le visage dans les mains. — L'orchestre exécute en sourdine l'air : « Ah ! viens dans une autre partrie !... »*)

SIROCO, *après un moment, le tirant par son manteau.*

Dites-donc ?....

OUF, *remontrant sa tête.*

Quoi ?

SIROCO.

Si vous vouliez... Il serait encore temps pour biffer la petite clause... Qu'est-ce que ça vous fait, voyons ?...

OUF.

Plains-toi donc !... Tu as un quart d'heure de plus que moi... (*On entend sonner une horloge au loin.*) Ah ! l'heure !... (*Il se recache la tête. Siroco en fait autant. Cinq heures sonnent successivement à toutes les horloges. — Recueillement général. — Au bout d'un moment, les sonneries s'arrêtent. — Ouf écarte brusquement son manteau et se montre. — La musique cesse.*)

OUF, *regardant autour de lui avec ahurissement.*

Eh bien !...

SIROCO.

Rien ?

OUF, *se levant.*

Mais il me semble que je suis vivant !...

SIROCO.

En êtes-vous bien sûr ?

OUF.

Mais non... Voyons!... suis-je vivant?... (*A Hérisson.*)
Pincez-moi, Hérisson... (*Hérisson s'apprête à obéir, puis
il se ravise et lui allonge un coup de pied.*)

OUF, *avec un cri.*

Oh!...

HÉRISSON.

Je savais bien que je vous repincerais!,..

OUF.

Plus de doute!... Je souffre, donc j'existe!...

SIROCO.

Qu'est-ce que ça veut dire?

OUF.

Ça veut dire que tu es un astrologue de carton, et que
tu m'as trompé!

SIROCO.

Moi...

OUF.

Mais rassure-toi... Il n'y aura rien de changé pour toi...
à cinq heures un quart, tu auras cessé d'être un imbécile!...

SIROCO.

Grâce! grâce!

SCÈNE XII

LES MÊMES, LE CHEF DE LA POLICE, GARDES,
LAZULI.

LE CHEF DE LA POLICE, *accourant.*

Ah! Majesté!... Majesté!... Nous le tenons...

OUF.

Qui?

LE CHEF DE LA POLICE.

Lazuli, le jeune homme... une patrouille l'a arrêté aux
portes de la ville...

OUF.

Hein?...

LE CHEF DE LA POLICE.

On l'amène... le voici.... (*Entre Lazuli.*)

TOUS.

Lazuli !....

LAOULA.

Mon petit Lazuli !

SIROCO.

Vivant !... (*Courant à lui.*) Ah ! jeune homme, merci ! c'est bien, ce que vous avez fait là...

OUF.

Vivant... mais alors nous pouvons recommencer la cérémonie du mariage...

LAOULA.

Encore !

LAZULI.

Quel mariage !...

LAOULA, *en larmes.*

Mais le mien, avec le roi...

LAZULI.

Le vôtre... Ah ! j'en mourrais...

OUF.

Hein !... non ! non !... pas de bêtises... J'aime mieux te la donner... Elle est à toi... (*Il le fait passer à elle.*)

TOUS.

Ah !

LAOULA, *dans les bras de Lazuli.*

Mon Lazuli !

LAZULI.

Ma Laoula !...

HÉRISSON, *à Ouf.*

Mais sire... mes instructions...

OUF.

Qu'est-ce que ça vous fait? je le nomme mon succes-
seur et mon héritier. (*A part.*) Puisqu'il doit mourir
avant moi... (*Lazuli et Laoula s'avancent vers le public.*)

COUPLET FINAL.

LAOULA.

Nous voici, messieurs, à la fin,
Et dans cet instant chacun tremble;
Nous venons, la main dans la main,
Vous implorer tous deux ensemble.

LAZULI.

Vous êtes bons, on me l'a dit,
Vous aurez pitié de notre âge:
Dans cette salle où tout sourit
Pendant cent jours et davantage...

TOUS LES DEUX.

Donnez-vous la...
Donnez-vous la...
Donnez-vous la peine de vous asseoir
Mes bons messieurs, venez nous voir!

REPRISE GÉNÉRALE.

Donnez-vous la... etc.

FIN

F. Aureau. — Imprimerie de Lagny.

www.ingramcontent.com/pod-product-compliance
Lightning Source LLC
Chambersburg PA
CBHW051554280626
47162CB00022B/2280